マドンナメイト文庫

高慢熟女ダブル孕ませ

八雲 蓮

目次
contents

高慢熟女ダブル孕ませ

第一章　狙われた女教師の秘唇

机の上に、花瓶が置かれていた。生けられた一輪の花は菊だ。弔《とむら》いの意味を込めたその花に、戸惑いつつ立ち尽くした亮《りょう》に、クラスメイトの圧《お》し殺したような笑い声が浴びせられる。

「おい、舞浜《まいはま》。どうして死んだ人間が、学校に来るんだよ」

「へへ、俺には舞浜なんて奴は見えないぜ。あいつは、死んだんだからよ」

クラスメイトの心ない言葉にも、亮はどうすることもできず、黙って椅子に座った。震える唇を噛みしめ、うつむき、屈辱の時間が過ぎるのを待つ。

（もう、限界だ）

この春に進級した亮は、ある日突然、いじめのターゲットとなった。最初のうちは、ノートや筆箱がゴミ箱に捨てられていたり、陰口を叩かれる程度だったのが次第にエスカレートし、やがて暴力を振るわれるようになった。放課後に校舎の裏に呼ばれ、標的にされる日々がはじまった。いじめグループの中には、何人かの女子生徒もいて、まるで不潔なものでも見るように蔑《さげす》んだ目で、亮を見下ろしていた。さんざんに殴られたあげく、金まで取られた。初夏になる頃には、親の財布から黙って抜き取った金の総額は、五十万を超えていた。

(こんなことをいつまでも続けているわけには、いかない)

もう金は払えないことを告げると、暴力の烈《はげ》しさが増し、陰湿ないたずらを一日に何度も仕掛けられた。

(どうして、僕だけが……こんな……)

「舞浜。菊を生けられたら、そいつはもう死人だ。学校に来るんじゃねえ」

いきなり椅子を蹴られて転倒した亮の頭に、花瓶の中の水がバシャバシャと浴びせられる。

「ははは、水も滴るいい男じゃないか」

「えーーーッ！　いい男だなんて、ありえないいッ」

男子のからかいに、女子たちがはしゃいだように答えた。あまりの惨めさに、亮の顔が真っ赤に染まる。

（このままじゃ、死ぬしかない……）

こんなにむごい毎日を繰り返すのなら、自《みず》ら死を選んだほうが、どれほどマシだろうか。

（いや、だけど……倉持《くらもち》先生に相談してみてからでも遅くない）

倉持は、亮が在籍するクラスの担任だった。ひどく傲慢《ごうまん》でがさつな性格だが、いやしくも聖職に就いた者ならば、いじめを許すわけがない。いや、許さないでくれ。亮は、わらにもすがる思いで、廊下を歩いていた倉持にいじめられていることを告白した。

「おいおい、舞浜。勘弁してくれよ。俺のクラスにいじめなんて、あるわけないだろう。お前の勘違いじゃないのか？」

「いえ、先生。僕は、実際にお金を取られているし、ひどい暴力を受けているんです。見てください。このお腹の痣《あざ》を」

シャツをまくって肌を見せようとする亮を、倉持は手で制した。

「やめろ、やめろ、こんな廊下のど真ん中で。運動神経のないお前のことだから、どこかで転びでもしたんだろう。だいたい、顔も悪い、運動神経も悪い、成績も悪い。それじゃ、クラスの奴らに馬鹿にされるのも当然だ。みんなを批判する前に、自分のだらしない身体と頭を鍛えほうがいいぞ」

むしろ馬鹿にするような倉持の態度に、亮の心に込み上げてきた感情は、怒りではなく失望だった。思春期真っ盛りの不安定な生徒たちを、正しい道に導くのが、教師たる者の務めではないのか。いったい、この男は、何のために教師になったのか。

「俺は忙しいんだ。他人のことをとやかく言う前に、まず自分が変わるようにしないと、ろくな人間にならないぞ」

ろくな人間ではないのは、あなただろう。亮は、そう叫びたかった。

その日の放課後も、五人の男子と二人の女子に呼び出された。場所は、いつもの校舎裏だ。裏門が設置されてはいるが、木々が生えて鬱蒼《うっそう》としているうえに、門扉《もんぴ》が壊れていてひどく不便なので、通りがかる者など誰もいなかった。悪事を働くには、いじめグループにとって、うってつけの場所なのだ。

「せっかく菊を飾ってやったのに、わざわざ学校に来たってことは、金の用意ができたってことでいいんだよな、舞浜」

グループのリーダー格の男が、ニヤニヤと笑いつつ言った。どこから持ってきたのか、古びたソファに座り、その左右には女子をはべらさせ、両腕を肩に回している。

「お金あるなら、私、カラオケ行きたいッ」

「私は、アイスクリーム食べたいなー」

リーダー格の男が顎で示すと、四人の男子生徒が、いっせいに亮に暴力を振るった。

両腕で顔を覆った亮は、もう泣き叫ぶばかりとなる。

「やめてくれよッ……もう、やめてくれッ」

「なら、金を出せよ、舞浜。ふふ、カラオケ代とアイスクリーム代」

「へへ、それにコンドーム代だぜ」

やだあ、エッチッ、などと女子たちが騒ぎたてるが、その顔はまんざらでもない。

リーダー格の男の手に胸をまさぐられると、ちょっと、やだあ、と言いつつも甘い声を出して喘ぎはじめる始末だ。

「有り金全部をもぎ取れよ。その間に、こっちはこっちで愉しもうぜ」

リーダー格の男は、右の女子の唇を吸いつつ、左の女子に男根をしゃぶらせた。

「んんッ……チュッ……チュパッ……」

「レロレロ……んむうッ……」

うっとりとした表情で忙《せわ》しなく口唇を動かす女子たちをチラチラと見やりつつ、男子たちは、お預けをくらった鬱憤《うっぷん》を晴らすように亮を殴る。

「ちくしょう、いいなあ。俺もしゃぶらせたいぜ」

「それにしても、あいつのチ×ポは、でかいな。女子たちは、あれにイチコロにされちまうんだよな」

たちまちに男の自信を失った男子生徒たちは、その劣等感を亮にぶつけた。殴る蹴るの暴行を受ける最中、涙に滲んだ亮の視界が三人の男女が絡み合う姿をとらえた。女子の柔らかな唇がまとわりつく男根に、亮は驚愕した。その大きさにではない。むしろ、その矮小さに、だ。

(あれが、でかいだって……？)

ならば、自分の男根は、もしや日本人の平均的な大きさをはるかに上回っているのではないか。そう思ったのも束の間、誰かの爪先が鳩尾《みぞおち》をとらえ、亮の身体がくの字に折れ曲がった。唇の端からよだれが垂れ、息を吸うこともできない。腹を押さえて前屈みになった拍子に、ブレザーの内ポケットから財布が落ちてしまった。

「あるじゃないか、財布。どれどれ」

「ああ……」

言葉にならない声を、亮はあげた。抵抗することもできず、数枚の千円札をすっかり抜き取られた。

(もう、死にたい)

そう思い詰めたとき、裏の門扉を開けようとする人間がいることに気づいた。

(生徒……じゃない……仁科《にしな》先生……)

仁科留美《るみ》は、亮のクラスの副担任だった。亮と留美は、束の間、目を合わせた。だが留美は、亮を無視して、錆びつき壊れた門扉を開けようとする。むしろ、面倒なシーンを目撃してしまった、というような露骨な不機嫌さを隠すこともしない留美に、亮は必死で助けを求めた。

「先生ッ……助けてッ……助けてくださいッ」

亮が叫んだことで、不良グループたちは一瞬、狼狽《ろうばい》した。だが、目撃した相手が留美だと知ると安堵し、助けを求めた亮を睨《ね》めつけた。その間に、留美は門扉を通り抜け、大通りに停車している車に乗り込んだ。

「助けて、なんて叫びやがって。ヒヤッとしただろうが。まあ、相手が悪かったな。留美先生じゃ助けに来てなんてくれないぜ」

「へへ、留美ちゃんは、毎週金曜日は定時上がりで、彼氏と裏門で待ち合わせなんだよ。一流企業に勤めるリーマンとのセックスのほうが、お前よりも大事だろうからな」

(そんな馬鹿な……)

彼氏とのデートを優先して、暴行を受ける生徒を見捨てる教師。そんな教師が、この世に存在していいのか。だが、地面に這いつくばる亮を目撃した留美の目は、まるで汚らしいものでも見るような目つきだった。一流企業に勤める彼氏とのデートを邪魔する面倒な奴、とでも思ったのだろう。絶望という言葉を今ほど亮が実感したことはなかった。深く暗い井戸の底に突き落とされたような絶望は、しかし次第に怒りへと変わった。干上がった井戸から怒気が膨らみ、火炎となって噴き上がる。

（教師なんて、どいつもこいつもどうしようもない人間だ。もう僕は、誰も信じない……信じられるのものは……）

自分の、男根だ。

遠のく意識のなか、悶える女子たちの甘い声が聞こえた。あの程度のもので、こんなよがり声をあげるなら、自分が犯せば、いったいどれほどよがるのか。亮の心に、フッフッと自信と悪意と復讐の念が燃え盛った。

（どうして私が残業しなくちゃ、ならないのッ）

金曜日の夕方。すでに定時は過ぎていた。学年主任から命じられた仕事の期限は明日の朝までだった。もとはと言えば、すっかりこの仕事を忘れていた留美のせいなのだが、彼氏とのデートに間に合わないことで、すっかり留美の機嫌は悪くなっていた。朝、しっかりと準備した巻き髪もメイクも、無駄になってしまったのだ。

「いや、残念でしたね、仁科先生。彼氏とのデートが潰れちゃって」

倉持のからかいの言葉にも応じず、留美は仏頂面《ぶっちょうづら》でパソコンのキーボードを叩きつづけている。倉持は、その横顔をニンマリと眺めた。

（ふくれッ面でも美人な女だ。ふふ、一度でいいから、抱いてみたいもんだぜ）

倉持は思わず舌舐めずりをした。いや、倉持ばかりではない。勝ち気でわがままな女だが、留美の美貌と魅力的なボディは、一級品だった。男性教師の誰もが、留美の美貌をチラチラと眺め、立体的に飛び出したバストを矢のような視線で射抜く。真っ白な肌とやや茶色がかった長い髪との相性は抜群で、二十代と偽っても疑うものは誰もいないだろう。実際の留美は、三十四歳で成熟した女の色気を漂わせつつも、若い牝の芳香も放つ奇跡的なアラサーなのだ。

「ああ、そうだ。仁科先生は副担任だからいちおう伝えておきますよ。舞浜のことなんですがね」

「舞浜……？」

自分が受け持つクラスの生徒の名前なのに、留美は瞬時に名前と顔を一致させることができなかった。

「舞浜亮ですよ。あいつ、この前、みんなからいじめを受けていると直訴《じきそ》してきましてね。まあ、いじめとはいかないまでも、馬鹿にされているというような感じでしょうな。あいつは、典型的ないじめられる側にも問題がある、という男ですから」

「ああ、舞浜君」

先週、彼氏との待ち合わせのときに、いじめられていたのが舞浜亮だった。何人かの生徒に囲まれて、暴力を受けていたのだろうか。リーダー格の男子生徒が女生徒と淫らなことをしていたが、それすら留美にはどうでもよかった。思春期ともなれば異性に興味を持つのは、むしろ健康的とも言えるからだ。

舞浜亮は、見るからに鈍くさい男で、成績も運動神経も、おまけに顔まで悪い。端正な顔立ちの男とばかり付き合ってきた留美にとって、亮は歯牙《しが》にもかけない存在なのだ。男として、いや、人間としての価値がないと言ってもいい。

(顔も頭も悪ければ、ああなるのは当然よね)

およそ教師とは思えない台詞を平然と留美は心の中でつぶやいた。

「じゃあ、仁科先生。私はこれで失礼しますよ。ふふ、もうすぐ家内の誕生日でしてね。ケーキの予約をしにいくんですよ」

「噂の美人奥様ですか。誕生日くらい素敵なプレゼントを贈らないと浮気されますよ」

「俺の家内は、純情でね。何しろ、俺しか男を知らないんですからね。ふふ、仁科先生も早く仕事を済ませて彼氏にかわいがってもらうんですね」

今のは完全にセクハラだわ、とさらに機嫌を悪くした留美は舌打ちしつつキーボードを打ちつづけた。

職員室には、もう誰もいなかった。時刻は夜の十時を過ぎている。留美は、美しく細い指先で目頭を揉んだ。透明なマニュキアを塗った爪が、照明に光る。それが、デートの残骸のようで切なかった。

(ああ……ほんとうなら今頃は、孝明《たかあき》さんといいことしているはずだったのに)

彼氏の孝明とは、来月に結婚式を挙げる。もう、子作りに遠慮することもなかった。年齢のこともあり、一日でも早く孝明の子を受胎したい。排卵日の今日、烈《はげ》しく抱かれ、孝明の子種を受けるつもりだったのだ。

「こんな最低な日、初めてだわ」

「もっと最悪な日になるかもしれない。いや、ある意味、最高に日になるかもな」

いきなり背後から声をかけられて、留美ははっとした。振り向く前に、刺すような痛みを首筋に感じて、思わず留美は悲鳴をあげた。

「きゃあッ……痛いッ……な、何いいッ……？」

「今夜は残業だそうですね。彼氏とのデートにも行けず、さんざんな日だ。まあ、僕が受けた数々の暴力に比べれば何てことはないと思いますがね」

振り返ると、ブレザー姿の亮が不敵な笑みを浮かべていた。その手には、注射針が握られている。

「舞浜……君……何をしたのッ？」

「ふふ、お仕置きですよ、先生。いじめられる生徒よりも、彼氏とのセックスを優先した淫乱女教師は、きちんと罰しないとね」

(何なの……この子……？)

怒りまかせではなく、淡々と話す亮の態度が逆に不気味だった。

「違うのよ、舞浜君。あのときは、私も急いでいて……」

「いいわけは、いい。償いは身体でしてもらうよ、先生」

突き出した亮の両手が、ゆっくりと留美の胸元に伸びてくる。その目は、気弱な生徒の臆した目つきではなく、牝を屠《ほふ》ろうとする貪欲《どんよく》さと攻撃性に満ちていた。まるで別人のような亮の凶々しさに、留美の背筋に怖気《おぞけ》が走る。

「やめなさいッ……大人をからかうのもいい加減にしないと……」

椅子から立ち上がろうとした留美は、両脚に力が入らないことに気づいた。わずかに浮いた腰が再び椅子に沈むと、シャツ越しの豊乳が惜しげもなく揺れる。

(どうしてッ？)

「先生はじゃじゃ馬っぽいから、暴れられても面倒なので、痺れ薬を打たせてもらいましたよ。これでしばらくは、身体の自由がきかなくなる」

「なんてことをッ……これは、立派な犯罪よッ」

「ふふ、犯罪っていうのは、痺れ薬を打ったことを言ってるんですか？　それとも、これから先生の身体をうんと愉しむことが犯罪なんですかね」

にわかに迫った亮の指先にシャツのボタンを外されて、留美は、ひいッと悲鳴をあげた。抵抗もできないまま、生皮を剝がされるようにシャツがはだけていくのを、留美は眺めていることしかできない。

(ああッ……こんなッ……こんなことってッ)

剝き出しにされたブラジャーは、目の覚めるような深紅《しんく》だ。量感たっぷりの乳肉が、今にもカップから零れ落ちそうな光景を、亮の濁った目が見下ろしている。見慣れた照明の光が、自分の乳肌を照らしているのが、留美には現実のこととは思えない。

「おお……エロいブラジャーですね。このブラを彼氏に外してもらうことばかり今日一日考えていたわけだ。とことん教師失格だな。どれ、彼氏のかわりに揉み心地を確かめてあげますよ、先生」

「いやッ……やめてッ……触らないでッ……ひいッ」

亮の両手が、ブラジャーごと留美の乳房を揉みしだいた。真っ白な乳肉がカップの中で荒々しく波打つ。こんもりと膨らんだ胸元は惨めなほど変形し、寄せられては上がり、沈んでは跳ねを繰り返す。

「ひいいッ……やめてッ……やめなさいッ」

「こりゃ、すごいや。ブラジャーをしていても弾力のすごさが伝わってきますよ」

「こんなことをしてッ……やめなさいッ……大変なことになるわよッ」

「人の心配より自分の心配をしたほうがいいですよ。これから大変なことになるのは、先生の身体のほうなんですからね」

「そんなッ……」

亮の手が、留美の背後に回った。ホックを外す気なのだ。それがわかりながら、留美は手で振り払うこともできない。今や痺れは全身に及び、首から上だけしか動かない有様なのだ。

「ああッ……いやッ……それは、いやなのッ……私が悪かったわッ……職員会議でいじめの問題を取り上げてもらうからッ……だから、もう、やめてッ」

「ひひ、もう遅いよ、先生」

バチンッ、という不吉な音が留美の鼓膜を震わせた。次の瞬間、留美の真っ白な乳肉が、惜しげもなくまろび出る。地球には重力など存在していないかのような、見事に張った半球型のバストだ。サーモンピンクの乳輪の頂上で、つつましく佇む乳首と量感たっぷりの乳肉とのアンバランスさが、逆にいやらしい。

「派手な外見のわりに、おとなしい乳首じゃないか、先生」

「いやああッ」

女の神聖な膨らみを生徒の前に晒されて、留美は絶叫した。みるみるうちに留美の美貌が真っ赤に染まる。

(こんなッ……こんなああッ)

「彼氏の分まで、いやというほど揉みほぐしてあげるよ、先生」

生まれて初めて生で見る大人の女の乳房に亮の昂りも凄まじかった。手のひらの中にはとうてい収まりきらない豊乳を、鷲掴み、亮は思う様こねくり回す。指を動かすたびに、モニュッという擬音が零れ落ちてきそうなほどの揉みごたえに、亮の相好《そうごう》が崩れた。

「ひいッ……いやッ……いやあぁッ」

「すげえぜ、先生。人格は三流でも、おっぱいは超一流だぜ」

（ひどいッ……ひどいわッ）

彼氏とのデートがふいになったばかりか、冴えない男子生徒に生バストを揉まれ尽くすなど悪夢でしかない。だが明かりに乳肌が照らされ、産毛までが浮かび上がる光景が、留美にいやでも現実を突きつけてくる。

「熟れ頃のおっぱいを味わってやるよ」

「ひッ……いやッ……それは、いやなのッ……お願いッ……それだけは、やめてッ」

見せつけるように突き出した亮の舌が、留美の蕾に迫った。亮の舌先が、嬲るように乳首を絡め取り、そのまま一気に舐め上げられる。

「ひーーーッ」

「うまいッ！　これがおっぱいの味かッ」

童貞丸出しの亮の台詞をあざける余裕すら留美にはない。亮は無我夢中で乳首を舐め、乳肉ごと唇でくるみ、チユッチユッと吸い上げてくる。

「ひいッ……いやッ……強く吸わないでッ」

「たまらないぜ、先生。身体だけは、ほんとうに極上だな」

亮の唇から楕円形に潰された乳首がヌルンッとあらわれると、見るも無惨に唾液まみれにされていた。だが、排卵期を迎えた留美の蕾は、屈辱の愛撫にも積極的に応じて、ムクムクと勃起してしまう。

（ああッ……私のおっぱい、どうしてえッ？）

「へへ、乳首がビンビンじゃないか、先生。やる気マンマンって感じだぜ」

「違うッ……違うわッ」

言葉では否定しても、留美は排卵という現象に抗《あらが》うことができない。気味の悪い愛撫からジンジンと痺れを注がれ、ますます乳首が硬く尖っていくばかり。冴えない生徒に女としての反応を示してしまう自分が、留美には呪わしい。

「うああッ……悔しいッ」

美貌を歪ませた留美は、ついにすすり泣きをはじめた。まるで矢印のように天を示す乳首は、極楽へ旅立つことを求めているようだ。信じられない痴態ぶりを披露する乳首を、亮はいっそう強く吸い、舌の上で転がし尽くす。

「ひーーーッ」

「人の痛みには鈍いくせに、乳首だけは感度がいいんだな。淫乱教師ってのは、まさにこのことだ。ふふ、もっとよくしてあげるよ」

亮は背負っていたバッグパックの中から、ペットボトルを取り出した。蓋を開けると、妖しい液体をドバドバと乳房にぶちまける。

「冷たいいッ」

「ローションの滴るいやらしいバストになったろ、先生」

留美の背後に回った亮の手が、ローションまみれのバストをヌルンッと揉みしだいた。乳肉を搾るように潰されたかと思えば、今度は鷲摑《わしづか》みにされて容赦なく揉みくちゃにされる。顎の下で無惨に変形していくバストが、留美には自分のものだとは思えない。

(こんなの、ひどいいッ)

教え子にローションをかけられ、ドロドロの乳房を思う様、こねくり回される。屈辱の極みだ。だが粘土細工のように弄《もてあそ》ばれる乳房からは、ジンジンとした熱が押し寄せ、やがてそれは疑いようもない快感に変わっていく。

「んああッ……あひッ……ああんッ」

「へえ、あの留美先生が、こんないやらしい声を出すなんてね。やっぱり女だな」

「ち、違うわッ……そんなッ……んはああッ」

（なに、これえッ？）

乳房は直接の性感帯ではないはずなのに、目も眩むような官能に乳房が破裂してしまいそうだ。彼氏の愛撫では決して得られることのなかった快感を、まさか冴えない男子に体験させられるとは。まるで亮の手と乳房が一つになってしまったかのような怖いほどの密着感に、留美は翻弄されていく。

「もう、やめてえッ……あああッ……こんなの、いやあああッ」

「ひひ、感じているな、先生。僕の手と先生のおっぱいの相性は、抜群のようだね。もっとよくしてあげるよ」

さらに亮は、ローションまみれの乳首を指先でギリギリと圧迫した。凝り固まった乳首をヌルンッと指で弾かれると、稲妻のような快感が留美の芯を駈け抜ける。

「ひーーーッ」

美貌を反らせた拍子に、留美の後頭部がデスク上のキーボードを叩く。剝き出しになった喉元が妖しく震え、だらしなく開かれた唇からは、あ、あ、あ、と切なげな声が漏れる。乳首から迫る快感の閃光に、留美の頭の中は真っ白になった。

「すげえ、よがりっぷりだ。とても聖職者とは思えないぞ」

「ひッ……んはあッ……あひいいッ……それ、いやあッ」

冴えない男子生徒に、乳首で踊らされていた。乳首を摘まれると、留美の美貌が忙しなく跳ね、揺れ、反り返る。そのたびに、留美の瞼の裏で火花が散り、官能の焔《ほのお》が燃え上がる。

「ああッ……な、なんか、ヘンッ……いやッ……こんなッ……うそッ」

(留美、イカされちゃうッ)

乳首からなだれ込む快感の激流が、留美を絶頂に連れ去ろうとしていた。自分の身体の思わぬ反応に、留美はいよいよ狼狽するばかり。快感の膨らみと化した乳房は、宿主を今にもアクメさせようと爆裂寸前だ。それが、留美には怖ろしくて仕方ない。

「んはッ……いやッ……イッちゃうッ……ひいッ……こんなので、イキたくないいッ」

「イクんだよ、先生。乳首でぶっ飛ぶいやらしい姿を見せてみな」

留美は狂ったように美貌を振り乱して、アクメの波に抗った。だが肉悦に燃える乳房から爆風のような快感が一気に押し寄せ、留美は為《な》す術《すべ》もなく呑み込まれていく。

「ひーーーッ」

ガクガクと裸身を痙攣させて、留美は絶頂した。豊乳があられもなく揺れまくり、ローションを辺りかまわず撒き散らす。真っ白な喉が筋張り、ギリギリと身体が絞られる。生まれて初めての乳首絶頂を、こんな男に味わわされるなんて。

（ひどいッ……こんなの、ひどいいッ）

あまりの屈辱に、留美の目から涙が溢れた。身体は麻痺して動かないのに、下腹部だけが目を覆いたくなるほど無惨に波打っているのが、あまりにも惨めだ。

「涙を流すほどよかったってわけか、先生。生徒にイカされた気分はどうだ？」

「ううッ……許さないッ……許さないんだからッ……」

「アクメさせてもらえて、ほんとうは嬉しいくせに。ひひ、今度は僕を気持ちよくしてもらうかな」

ぐったりと椅子に座ったままの留美の前で、亮は、おもむろに服を脱ぎはじめた。

パンツを脱ぐと同時に飛び出した男根の巨大さに、思わず留美は目を見張った。

（な、なに……これ……？）

ゆうに二十センチを超えていた。太く長く逞しい肉棒は、ほとんど丸太のようだ。

冴えない亮の風貌とは裏腹に、隆々と浮き出た血管が、異様なほどの禍々《まがまが》しさを放つ。

「彼氏と比べてどうです、先生」

「ああ……」

弓なりに反り返った男根は、彼氏とは比べものにならないほどの巨大さだった。まるで生き物のように留美の眼前で揺らめき、今にも飛びかかってきそうだ。その危険な気配に、留美の背筋が凍りつく。

(こんなもので、貫かれたら)

不吉な予感が留美を襲った。きっと堕《お》とされてしまう。そう考えただけで、留美は心底、怯えた。

「いやッ……誰かッ……誰か、助けてッ……レイプされちゃうッ」

「こんな時間に人がいるわけないだろ。少し黙りなよ。マウスピースをはめてやる」

「ああッ……こ、こんなッ……うぶッ……んむッ」

巨大な剛直が、留美の可憐な唇に押し当てられた。その硬さと熱が、いっそう留美を狼狽《うろた》えさせる。きつく閉じて侵入を防ごうとする唇も、あっさりと亀頭にこじ開けられて、ジワジワと肉棒が押し寄せてきた。

(挿《はい》ってくるうッ)

「奥まで挿《い》れるよ、先生。僕のチ×ポをたっぷりと味わうんだ」

「んぶうッ……ぷわあッ……」

(ああッ……いやあッ……挿ってきちゃ、いやあッ)

だが留美の願いも空《むな》しく、花びらのような唇を捲られつつ、亮の肉棒がジワジワと突き進んでくる。唇に塗られたグロスが肉茎に付着し、ヌラヌラと光っていた。それが留美に、まざまざと口唇愛撫を強制される実感を与えてくる。

(苦しいッ)

大人顔負けの巨大な男根に、顎が今にも外れてしまいそうだ。だが滑稽なほど開かされた唇も、留美の美貌をいささかも損ねはしない。むしろ、猥雑な色気をムンムンと漂わせ、亮の加虐心をいっそう刺激する。

「色っぽい顔だぜ、先生。根元まで呑み込んでもらうからな」

(そんなああッ)

ズンッと亮が腰を突き出すと、ついに巨大な亀頭が留美の喉奥まで達した。亮のジャングルに、高い鼻が完全に埋もれるほど肉棒を呑み込まされて、留美は絶息寸前だ。

(息ができないッ)

「んぶうッ……あむむッ……ぷわあッ」

「すごいぜ！　先生の口が、チ×ポにねっとりと絡みついてくるぞ」

生まれて初めて肉棒で味わう女の口の感触に、亮の鼻息も荒い。魅惑の粘膜が肉茎をくるみ、引き締まった喉が狂おしく亀頭を抱擁する。仁王立ちになった亮は、ひょっとこのように突き出た女教師の唇を見下ろして、征服感に酔いしれた。腰を引き、留美の唇から抜いた唾液まみれの肉棒が、ますます亮を昂《たかぶ》らせる。

「んはああッ」

「へへ、生徒のチ×ポの味はどうだい、先生」

「はあッはあッ……お願いッ……もう、ゆるしてッ……」

「何を言ってるんだ、先生。まだまだ味わい足りないでしょ」

頭をガッチリと摑まれた留美の口が、再び男根に貫かれる。そのまま亮は獣のように腰を振り、留美の口腔を滅茶苦茶に犯した。亮の恥丘が留美の美貌を烈しく打つたび、頭の中が真っ白になる。金属バットで殴られたような衝撃を何度も味わわされて、留美はもう何がなんだかわからないまま、肉棒に貫かれるばかり。

「おらッ！　おらッ！　おらッ！」

「んぶッ！　あむッ！　うむうッ！」

生徒の気合い声と女教師のくぐもった声が交互に高鳴った。顔面と股間がぶつかり合う衝突音と肉棒と粘膜が擦れる音がごちゃごちゃになり、留美の頭の中はカオス状態だった。

(どうしてッ……私がッ……こんなああッ)

今や留美の顔面は、涙と唾液とカウパー腺液でベトベトだ。だが、アクメを極めたばかりの留美の口腔は異様なほど敏感になり、悪夢のイラマチオにもジンジンとした痺れを宿主に送り込んでくる。

(私のお口、どうしてえッ？)

「んんッ……あむんッ……んんんッ」

「いやらしい声を出すじゃないか、先生。やる気のない授業とは違って、今日はずいぶんとやる気マンマンだ」

男根に応じるように、ひっきりなしに漏れる甘声が、自分のものとは思えない。顎の下の陰嚢と乳房が、競い合うように揺れまくる。その背徳の景色に粘膜が興奮するのか、ますます喉がギュンッと搾られ、亮の肉棒を狂おしく抱擁してしまうのが屈辱的だ。

(お口で感じるなんてッ)

なんという女のはしたなさ。ましてや生徒のものをしゃぶらされているのに、感じるなんて。

「ひひ、まだまだ夜は長いからな、先生。ここらで喉を潤わせてあげるよ」

(ま、まさかッ)

亮の怖ろしい宣告とともに、肉棒がふいに膨張した。パンパンに膨らまされた口内がさらに膨らみ、男根が若鮎のようにビクッと跳ね回る。彼氏の精液さえ口で受けたことなどないのに、生徒に口内射精されるなど想像しただけで吐き気が込み上げる。

(それだけは、いやあッ)

留美は、狂ったように美貌を振り乱した。だが、留美の美貌は、巨肉の槍に串刺しにされてよじることもできない。はしゃぐように跳ね飛ぶ男根に粘膜を打たれて、留美の絶望感は深くなるばかりだ。

「そら、出すぞ、先生」

(いやあああッ)

口内で肉棒が弾けた。脈打つように跳ねる男根は、まるでポンプのようにドクドクと精液を注いでくる。たちまちに留美の口内は、白濁の坩堝《るつぼ》と化した。オーラルケアに熱心な留美の歯の隙間や歯茎にまで精液が絡む。ツンと鼻腔を突き抜ける精臭に、鼻までもを犯されているようだ。

(ああッ……お口に出されてるうッ)

「んぶぶッ……ぷわあッ……うむッ」

「へへ、そのまま飲んでいいぞ、先生」

グリグリと陰毛越しの股間で留美の口を封じつつ、亮は高い鼻を摘まんだ。あまりの苦しさに、留美はそのままゴクゴクと精液を飲み干してしまう。

（ああッ……何か、ヘンッ……留美の身体、ヘンッ）

ざらついた白濁が喉粘膜を通過すると、クラクラするほどの官能が内側から膨らんできた。食道を通過した熱液は、留美の身体の芯をただれさせ、思わず甘く切ない泣き声を漏らす。

「あひぃッ……んああッ……留美、イッちゃうッ……いやあッ……ひーーーッ」

生徒の精液を飲まされて、女教師は絶頂した。ガクガクと揺れる腰は、とても麻痺しているとは思えない。牝の悦びが、痺れ薬の効果を凌駕《りょうが》し、はしたないほど留美の半裸が痙攣する。

「ど派手なイキっぷりだな、先生。精子を飲んでイクなんて、変態にもほどがあるぞ」

肉棒を引き抜かれた唇の端から、放ちたての白濁が溢れ、留美の豊乳に垂れ落ちる。口ばかりか尊い女の膨らみまで汚されて、女教師の喉から号泣が這い上がった。生徒の精液を飲み干して極めるなど、教師として、いや、一人の女としてあってはならないことだ。

（どうしてッ……私の身体、どうしてえッ？）

「泣き叫ぶほどよかったのか、先生。ふふ、上の口は十分に愉しんだみたいだし、今度はこっちの口の番だ」

「ひぃッ」

留美のスカートの裾に潜り込んだ亮の手が、ジワジワとスカートをずり下ろした。艶めかしい太腿を晒されても、留美には抗う術もない。一点の染みもない陶器のような肌を亮の舌先でなぞられると、留美の全身が総毛立つ。

「あひぃッ……いやッ……舐めないでぇッ」

「人格は最低でも、身体だけはほんとうに一級品だな。皮肉なもんだぜ」

「いやあッ……もう、ゆるしてッ……今なら、誰にも言わないからッ……お願いいッ」

「女の上の口は、よく嘘をつくからな。それに比べて、こっちの口は、正直だ」

ヒールを履いた爪先からスカートを脱がされると、留美はパンティ一枚だけの半裸になる。太腿を割り拡げられ剝き出されたクロッチには、世界地図のような波状の染みが広がっていた。ムンッと匂い立つ牝臭は、思わず噎《む》せ返りそうになるほどの濃厚さだ。

「スケベな香りがプンプンと臭ってくるぞ。下の口は、犯されたくて仕方ないってことだろ」

「違うッ……違うわッ」

「何が違うのか、直《じか》に見てやるよ」

「ひいいッ」

亮の凶悪な顔が、太腿の内側に潜り込んだ。舌先でクロッチを捲られると、桃色の媚肉が慌てふためいたようにざわめき、うねりだす。生徒の顔を前にして、恥じるどころか積極的にうねる女肉には、教師としての威厳も誇りもなく、ただただ淫らだ。

「いやッ……いやあッ……見ないでえッ」

「こんなスケベなマ×コを持っている女が自分の学校の教師だなんて、恥ずかしくて人に言えないぜ」

甘酸っぱい芳香を立ち昇らせつつ、留美の割れ目からはジュパジュパと蜜液が漏れる。股間から漂ってくる淫臭が、留美には信じられない。下劣な生徒を前にして発情の兆《きざ》しを見せる下半身が、呪わしくさえある。

(こんなッ……こんなあッ……悔しいいッ)

留美の美貌が、屈辱に歪む。だが排卵期のせいなのか、そびえ立つ巨大な男根に、留美の割れ目は容赦なく蕩けさせられ、セックスの準備に余念がない。媚肉は次第に充血し、魔法をかけられたように桃色の虚空《こくう》を拡げ、男根に挿入をねだっているようだ。

「挿れてほしくて仕方ないって感じだな。ひひ、まあ、慌てるなよ」

「ひッ……いやッ……触らないでッ……あぁッ」

パンティの内側に押し入った亮の指が、茂みを掻き分けて割れ目に到達した。ジクジクと甘汁を漏らす肉層を、亮の指が容赦なく抉っていく。

「ひーーーッ」

「おおッ……意外にきついじゃないか。すごい締まりだ。指が引きちぎられそうだぜ」

「うむッ……いやああッ……抜いてえッ」

だが不敵に笑った亮の手が、パンティの中で猛烈に前後しはじめた。濡れたクロッチが忙しなく伸縮を繰り返し、留美の肉壺を嬲り責めにする。

「あひいッ……そこ、いやあッ……そこは、だめなのおッ」

留美は、心底、狼狽した。何をやっても冴えない男子生徒の指が、今は一流の金庫破りのように留美の快感スポットをとらえてくるのだ。膣壁がキュウッとすぼむ。狂おしく亮の指を食い締める様は、まぎれもない女の反応だ。

（なんでえッ？）

「ひッ……んひゃあッ……うああッ……」

割り拡げられた太腿が筋張り、溢れ出した蜜液が弾け飛ぶ。股間から湧き上がる官能が下腹を波打たせ、勝手に腰がガクガクと跳ね上がるのを留美はとどめようがない。

「活きのいい腰だな、先生。これなら派手にアクメできそうだ」

「ああッ……いやッ……んはあッ……それ、だめえッ……そこはッ……あひいいッ」

ポルチオを責め嬲られて、留美は絶叫した。子宮が膨らみ、壊れた蛇口のようにひっきりなしに漏れる蜜液が、床にまで垂れ流れる。卑しい指にも、留美の股間はメロメロに蕩けさせられ、悦びの涙はもう止まらない。

「ひいいッ……なんか、ヘンッ……留美のアソコ、痺れるううッ」

「へへ、生徒の指で派手に撒き散らせよ、先生」

「いやッ！　いやッ！　こ、こんなところでえッ……ひーーーッ」

プシャアアアッ！

ガックンガックン揺れる留美の股間から、蜜液が飛沫《しぶ》いた。放物線を描いて放たれた淫汁が、バシャバシャと床に跳ね落ちる。痺れているはずの腰も、凄まじい快感に忙しなく上下し、惨めなほどに椅子を叩きまくる。

「んはあぁッ」

「ド派手にイッたな、先生。情熱的な下半身だぜ」

ゲラゲラと笑う亮に見下ろされて、留美は号泣した。生徒の指で極めるなど、生き地獄でしかない。だが宿主の絶望など関係ないとばかりに、留美のしなやかな両脚は烈しく痙攣し、快感を貪ろうとする。

「教師失格でも、これだけスタイルがいいなら牝としては合格だよ、先生。ひひ、牝のいいところを見せてもらうぜ」

「ああッ……いやッ……もう、ゆるしてッ」

亮は留美のパンティを容赦なく剝ぎ取った。漆黒の茂みが蜜液に濡れて逆立ち、まるで男を挑発しているようだ。怯《おび》える留美の顔と奔放に乱れた陰毛とのギャップが、むしろ亮にはたまらない。

「顔はきっちりメイクしているのに、陰毛はノータッチなんだな。ずいぶんと野性的じゃないか」

「ああッ……いやッ……こんなッ……こんなの、ひどすぎるうッ」

生まれたままの姿を職員室で晒されて、留美の裸身が真っ赤に色づいた。恥ずかしい部分を隠すこともできず、どこもかしこも痙攣する恥ずかしい裸身を見下ろされて、留美は今にも狂ってしまいそうだ。

「こんなスケべな身体の女を待たせちゃ悪いな。そろそろつながるか、先生」

「ひいいッ」

上半身を抱えられた留美は、デスクの上に仰向けに寝かされた。卑猥なV字を描いた両脚の間に、見るもおぞましい肉根が君臨する。亮は肉の頭で、意地悪く留美の割れ目をなぞった。

「いやあぁッ……それは、いやッ……セックスだけは、いやあぁッ」

「セックスだってよ。生徒の前でなんていやらしい言葉を吐くんだ、先生」

「あひいッ……んはッ……ひゃあんんッ」

熱く硬い亀頭に媚肉をいじられると、極めたばかりの女陰に恨めしいほどの官能がほとばしる。わずかに視線を上げると、こんもりと張った乳房の向こうで、凶器のような肉棒が跳ね打ち、留美の股間を叩いていた。犯される恐怖と悦びがごたまぜになって、留美は今にもおかしくなってしまいそうだ。

「ほれ、挿れるぞ、先生」

「いやッ！　お願い、ゆるしてッ……ゆるしッ……うむッ」

子供の拳骨ほどもある亀頭が、留美の肉層にめり込んだ。息もできないほどの圧迫感に留美の美貌が険しく歪む。マスカラをつけた睫毛が切なげに震え、その下の目は、空前絶後の巨大な異物を畏怖するように見つめるばかり。

「んああッ……そんな大きなものでッ……無理ですッ……壊れちゃううッ」

「先生のいやらしいマ×コは、そんなにやわじゃないだろ」

(大きすぎるうッ)

彼氏のものとは、次元が違う。女を嬲るために存在しているかのような禍々しい男根は、ほとんど鈍器のようだ。膣口はゴムのように伸ばされ、今にも裂けてしまいそうなほどギチギチに拡張している。

「ああッ……怖いッ……怖いいッ」

「何を気取ってやがる。ほんとうは、喉から、いや、マ×コから手が出るくらいチ×ポが欲しいんだろうが」

(ほんとうに、壊れちゃうッ)

「ほれ、僕のものが挿ってくるのが、わかるだろ、先生。生徒と一つになる気分はどうだ。この日のためにたっぷり精子を溜め込んできてやったからな。一発で妊娠しちゃうかもな」

妊娠、という言葉に留美の美貌がいっそう歪んだ。婚約者がある身なのに、生徒の子供を妊娠するなど絶対にあってはならない。だが、亮の肉棒は、さらに女肉を分け入って深く食い込んでくる。バチッバチッと筋が切れる不吉な音に、留美は鼓膜までを凌辱《りょうじょく》されている気がした。

「いやッ……いやッ……助けてッ……助けッ……うむッ」

ズンッと力強く打ち込まれた肉棒に、助けの言葉さえ飲み込まされた。亮の逞しいものが、わずかな隙間もなく留美の肉鞘に収められ、我が物顔で居座っている。

「ひぎいッ」

くぐもった留美の声が、職員室に響いた。必死に逃れようとするも腰は動かず、まるで標本の中の蝶のように巨大な肉棒に杭打たれている。

「完璧につながったぞ、先生。へへ、生徒に犯されるなんて、教師冥利《みょうり》に尽きるだろ」

「ひいいッ」

怖ろしいほどの貫通感に、留美は絶叫した。灼熱が肉を炙《あぶ》り、柔肉が蕩けていくのがわかる。レイプされているのに、蜜液が惜しげもなく溢れ、体内にとどまる憎い男根を歓迎しようとする女の肉のあさましさ。それが、留美には怖ろしくて仕方がない。

（犯されているのにッ）

顎が上がり、露出した喉元が妖しく波打つ。どっと噴き出した汗に美貌が濡れ尽くし、ヒューヒューと浅い呼吸音が漏れてくるのが、ひどく猥雑だ。

「教え子とつながった気分は、どうだ、先生。禁断のセックスってのは、たまらないだろ」

初めてのセックスを、美貌の女教師の膣で果たした亮の興奮も凄まじかった。ねっとりと絡みつく柔肉の収縮は、牝の悦びの反応そのものだ。自分の触覚を諸手を挙げて歓迎する女の秘所の淫靡さに、亮の加虐心がいっそう刺激される。

「僕を舐めたことを後悔させてやるッ」

「あぁッ……ゆるしてッ……私が悪かったわッ……だから……ゆるしてぇッ」

「悪いと思うなら、せいぜい元気な赤ん坊を孕むんだな。ひひ、名前は僕がつけてやる」

「人でなしいいッ」

「人じゃなくなるのは、先生のほうだぜ。ただの牝になるんだからな」

亮は連続的に肉棒を打ち込み、留美の蜜壺を滅茶苦茶に掻き回した。たちまちに結合部が泡立ち、淫らなメレンゲでデスクが汚れていく。まるで脳天にまで亀頭が達するような串刺し感に、留美はいいように翻弄されるばかり。頭の中で薔薇色の火花が散り、美貌をグラグラと揺らせて悶え狂った。

「ひゃあんッ……いやあッ……ゆるしてッ……もう、それ以上は、おかしくなるうッ」

「おかしくなっていいんだ、先生。ほんとうの姿を見せてみなよ。生徒よりもチ×ポのほうが大事な淫乱教師の姿をね」

「あひいいッ……こんなッ……んはッ……んむむッ」

憎らしい生徒に犯されているのに、留美の女肉はますますただれ、どす黒い官能の渦に巻き込まれていく。肉襞を巻き込みつつ、何度も何度も肉棒を打ち込まれる媚肉は真っ赤に充血し、今にも血を噴き出してしまいそうだ。

「どれだけ、セックスが好きなんだ、先生。こんなドスケベなマ×コを彼氏に見られたら、婚約を解消されちまうぞ」

「ああぁッ……ひいッ……こんなッ……こんなああッ」

彼氏の慈《いつく》しむような交わりとはまるで違う。肉で肉を貪《むさぼ》るだけの無慈悲のセックスだ。なのに、留美の身体は空前絶後の官能に呑み込まれ、ひいッひいッと、ひっきりなしに悶えさせられた。愉悦の火は、またたく間に燃え上がり、業火となって留美の裸身をくるみ込む。熟れた教師の悶えぶりに、亮も無我夢中だ。

「すごいぜッ。これが、大人の女の身体かッ……これがッ……これがあぁッ」

「やめッ……ひいいッ……んああッ……ほおおおッ」

唸るような低音の吠え声が、留美の喉から這い上がる。後退する肉棒に真っ赤な媚肉を引きずり出されては、また押し戻される。永遠に続くかと思われる快感の連続に、留美の美貌も声も甘く蕩け、クネクネと身体を揺らせてしまう。結合部からは、ひっきりなしに蜜液が飛沫き、泡と混じってデスクの上はドロドロだ。

「んはあッ……ああッ……もうッ……これ以上はッ……留美、だめになっちゃううッ」

「だめになっていいんだ、先生。僕のチ×ポで、とことんまで堕ちればいいんだ」

デスクに上がった亮は、留美の両脚を押し込み、マングり返しの体位にさせた。まるで天に向かって割れ目を見せつけるような恥ずかしい格好をさせられて、留美はむせび泣く。

「あひいッ……こんな格好、いやああッ」

「死ぬほど打ち込んでやるよ、先生」

「ひーーーッ」

ほとんど真上から打ち込まれた肉棒が、留美の割れ目に墜落した。膝を駆使する亮の陰嚢が、荒ぶるように尻の上でバウンドする。

ヌルンッ！　パンッ！　ペチンッ！

肉棒が粘膜を擦り、股間と股間が烈しく衝突した直後、牡の袋が女教師の尻を打つ。地響きのようなレイプ音は、窓が揺れるほど大音量だ。

（ああ……なんていやらしい音ッ）

容赦ないセックス音に留美の脳は麻痺し、次第に何も考えられなくなる。彼氏のものではとうてい届かない子宮口を何度もパンチされると、留美の身体の芯は灼《や》けただれ、肉という肉を甘美な愉楽で蕩けさせられる。理性が崩壊し、あとに残るのは牝の欲望だけだ。

（んああッ……こ、このオチ×ポ、すごいいッ）

ついに女教師は、卑しい男根を誉め称えた。レイプされていることも忘れて、ひっきりなしに甲高《かんだか》い甘声を漏らす。しっかりセットした髪も今やバサバサに乱れ、噴き出した汗に濡れて留美の額や頬にべっとりと貼りついていた。それが、女教師の妖しさをいっそう助長する。

「あああッ……留美、狂っちゃうッ」

ブンブンと美貌を振り乱す最中、ふいに上げた視線が、極太の肉棒をとらえた。濡れ濡れとした媚肉がアメーバのように男根にへばりつく淫靡な光景に、留美の頭の中は真っ白になる。

(留美の身体、いやらしいッ)

「あーーッ！　あーーーッ」

我を忘れて絶叫した留美は、痺れる腰を自ら揺すった。前傾した亮の顔が留美の顔に近づき、どちらからともなく唇を重ねると、レロレロと舌を絡ませるほどの乱れぶりだ。

「んむッ……チュパアッ……クチュックチュッ」

(お口まで気持ちいいッ)

上下の口は連動しているのか、濃厚なキスに合わせて膣壁がうねる。上から下から押し寄せる快感に、留美の裸身がギリギリと絞られる。

「へへ、そろそろイキそうだぜ、先生。もちろんこのまま中で出すぞ」

中、という危険な言葉に、留美ははっと覚醒した。今日は、排卵日なのだ。心は未熟でも身体は成熟した亮の白濁を放たれれば、妊娠してしまう。

「な、中はいやあぁッ……赤ちゃん、できちゃうッ」

「ひひ、赤ちゃんだってよ。先生は、今日から僕の孕《はら》ませ奴隷になるんだからな。それも一人や二人じゃないぜ。野球チームが作れるくらい子供を産んでもらうよ」

「いやッ……いやあああッ……ゆるしてッ……中だけは、ゆるしてえッ」

「しっかり孕めよ、先生ッ」

留美の懇願も空しく、亮の巨肉が炸裂した。大量の熱液をドバドバと子宮に浴びせられて、留美の裸身が妖しく引きつる。膣ばかりか脳までをも精子まみれにされたかのような圧倒的射精感だ。

「いやあッ……留美、イクうッ」

生徒の精液を注がれつつ、留美は絶頂を極めた。絶望の膣内射精にも留美の腰は、子種を受けた悦びにガクガクと跳ね打つ。痙攣した腰を固定するように、亮の肉棒は奥まで突き刺さり、執拗に白濁を子宮に塗り込めた。卑劣な男の精子とは知らずに、留美の膣粘膜は、喜び勇んで蠕動《ぜんどう》を繰り返し、受けた子種を子宮へと到達させようと必死だ。

（こんなッ……中に出されてッ）

「よほど僕の精子が気に入ったみたいだな。マ×コが悦びまくってるぞ」

「ああッ……」

屈辱の行為に、留美は号泣した。だが、宿主の悲壮感とは裏腹に、留美の女陰はまだまだ物欲しげに蠢《うごめ》き、亮の肉棒を狂おしく絞り上げる。

「一発じゃ物足りないって、マ×コがねだってくるぜ。ほんとうにスケべな下半身だな」

「ああ……違うッ……こんなッ……もう、ゆるして……」

うつろな眼差《まなざ》しで、留美は訴えた。弱々しい声とは裏腹に、アクメの余韻でガクガクと跳ね飛ぶ腰が、女教師の惨めさを際立たせる。

「ほれみろ。まだまだ満足してないって、先生の下半身が叫んでるぜ」

不気味な笑みを浮かべた亮はバッグをあさり、卵形のピンクローターを三つ取り出した。留美の左右の乳首にローターを押しつけ、ローターが固定すると有無も言わさず作動を開始する。

「ひゃあんッ……んああッ……それ、だめえッ……んはああッ」

乳首を快淫の炎で炙られているような感覚に、留美はよがり狂った。痺れ薬の効果を上回る快感に、留美の上半身が若鮎のようにビチビチと跳ね回る。さらに亮は、もう一つのローターを留美の肉層の奥に潜り込ませた。

「大事な精子が漏れてこないように、蓋をしてやるよ」

「そんなッ……んああッ……あひいいッ」

ただでさえ敏感を極めた媚肉に振動を与えられたら。

(狂わされちゃうッ)

「お願いッ……ゆるしてッ……私が悪かったんです……謝るから、ゆるしてくださいいッ」

号泣しつつ留美は必死で懇願した。アイシャドウが涙で滲み、その美貌が恐怖と後悔に歪む。だが、そんな留美に追い打ちをかけるように、亮が悪夢の提案をする。

「そうだ。デートに行けなくてごめんね、って彼氏に謝罪の電話をしたほうがいいぞ、先生。ふふ、いやらしい声を出したら、浮気していると思われるから気をつけるんだな」

「そんなの、ひどいいッ……けだものおおッ」

「ひひ、せいぜいけだものになってることがばれないようにするんだな、先生」

留美のバッグの中からスマホを探り当てた亮は、容赦なく電話をかけた。

(ああ……孝明さん、出ないでッ)

だが二、三回のコール音のあと、孝明は電話に出てしまった。オープンスピーカーにされると、ローターのモーター音が孝明に聞こえてしまわないかと、留美は生きた心地もしない。

『もしもし、留美か？　もう、仕事は終わったのか』

「ええ……今、帰りの車の中で……」

『そうか。疲れているんだから、運転には気をつけろよ』

仰向けになった留美の肉芽を亮は意地悪く吸った。同時に膣の中のローターを作動させられて、留美の裸身にガクガクと痙攣が走る。股間の中で快楽が爆裂し、留美はくぐもった呻《うめ》き声を漏らさずにはいられない。

「んんんッ……ぐむうッ」

留美は死に物狂いで声を圧し殺した。レイプされているなどと知られたら、婚約を破談にされてしまう。

『どうしたんだ、留美。誰かいるのか』

「いえ、ちょっと、つ、疲れただけよッ……大丈夫……」

「疲れたんじゃなくて、突かれたんだろう、先生。こんなふうにね」

瑠美の耳元で囁《ささや》いた亮の亀頭が、留美の媚肉を掻き分けた。ローターごと膣内をこねくり回されて、留美は思わず泣き叫ぶ。

「そんなああッ！　ぶつかるううッ」

ローターに子宮を滅多打ちにされて、留美は白目を剥いてひいひいと悶えた。続け様に交合するなど、これまではありえなかった。ただれたままの媚肉を再び肉棒にこそげられて、留美はもう何がなんだかわからなくなる。

「こんなの、はじめてぇッ」

『どうしたんだ、瑠美ッ。何がぶつかったんだ。事故にでもあったのか』

「ああッ……孝明さんッ……ぶつかるのおッ」

押し寄せる再びの絶頂感に、留美はもうわけがわからない。振動するローターが膣内にとどまる精液をブクブクと泡立て、結合部からはドロリと垂れ流れる、皮肉にもそれが潤滑剤となって、ますます亮の打ち込みは滑らかかつ力強くなる。留美は、半狂乱の態となり、何度もぶつかるッぶつかるッと連呼した。

『いったい、どうしたんだ、瑠美ッ』

「んああッ……違うのッ……孝明さんッ……違うのおッ」

さらに亮は、留美の裸身を正面から抱きかかえて駅弁スタイルを取ると、猛然と肉棒を突き上げた。灼熱が身体を真っ二つにしたような凄絶な串刺し感に、留美はもう絶叫するしかない。天を仰いだ美貌が肉悦に蕩け、はしたないほどのアヘ顔を晒して留美は自ら腰を振りたくる。

「彼氏と電話してる最中だってのに、ずいぶん積極的じゃないか」

「あぁッ……はひぃッ……すごいッ……奥までッ……ぶつかるうッ」

鷲掴みにされた尻を何度も股間に叩きつけられて、留美の裸身がよじれた。スピーカーから彼氏に呼びかけられても、留美には応じる余裕もない。ただれた媚肉から押し寄せる官能の波に、留美は為す術もなく呑み込まれた。いつしか亮の首に双腕を巻きつけ、はあはあ火の息を吐きつつ、我を忘れて腰を振る。うねる腰の動きに合わせて、長い髪と豊乳が強風に煽られたように揺れまくるのが、異様なほど猥雑だ。

「あああッ……当たるうッ……ひぃいッ」

『瑠美、何に当たるんだッ……瑠美……今、どこ……』

電波が切れたのか、そのまま通話は打ち切られた。

「何だ、残念だったな。もう少しで、彼氏に先生のアクメ声を聞かせてやれたのに」

留美を抱きかかえたまま、亮は跳躍した。床に着地した瞬間、瑠美の裸身が残酷なほど巨肉の槍に串刺しにされる。

「ひーーーッ」

(刺さるうッ)

喉から肉棒が飛び出てきそうなほど深く、力強い打ち込みに留美の理性は完膚なきまで吹き飛ばされた。つながったまま職員室中を飛び跳ね、噴き出した蜜液がそこら中に染みを残す。今や職員室の中は、甘く濃厚なセックス臭に満ちて、霧がかかってさえいるようだ。

「あッ！　あッ！　あッ！」

肉棒が突き上がるたびに、留美の喉からスタッカートの喘ぎ声が漏れる。凄まじい快感に気を失いそうになるのを、女の肉欲が許さない。亮の首に巻きつけた双腕は、快楽にしがみつくようにいっそう力が入る。下半身からはふっと力が抜けて、突き上がる肉棒にいいように跳ね上げさせられ、踊らされるばかり。まさに肉人形の有様だ。

「もう一度、中に出すぞ、先生」

「あッ……な、中はッ……」

「いやなら、このまま抜くけどいいんだな」

（そんなあッ）

腰の動きを止められて留美の美貌が切なさに歪む。今にも追い上げられようとしていた裸身は、極めたくてどうしようもないのだ。まるで生殺しのような亮の仕打ちに、教師であることも忘れて、ひどいッひどいわッと泣きじゃくる。

（留美、どうしても、イキたいッ）

およそ聖職に就く者とも思えないはしたなさ。だが、ざわめく肉層は、宿主にアクメをせがみ、逞しいものをギュンギュンと締めつける。とてもレイプされている者とは思えない情欲に滾《たぎ》った目を潤ませて、ついに留美は屈服の懇願をした。

「あぁッ……瑠美の中にいぃッ……くださいッ……」

「ひひ、ついに言ったな。こんないやらしい彼女を持った孝明君が憐れだな」

両脚をふんばった亮は、瑠美の腰を渾身の力で振り下ろした。尻肉が弾け、蜜液が飛び散り、ズボッズボッと連続的に瑠美の双尻が肉槍に串刺される。

「ひゃあッ……深いいッ……奥にぶつかるうッ」

「へへ、ローターの振動をマックスにしてやるぜ」

三つのローターが荒ぶるように震えた。快感のうねりが乳首から押し寄せ、瑠美の視界は真っ白になる。さらに膣奥のローターが溜まった精液を攪拌《かくはん》し、膣と肉棒の間から精液の泡がブクブクと溢れ出てきた。

「ひぎいいッ」

「そら、出すぞッ」

「ひーーーッ」

ドクドクと熱液を注がれて、瑠美は絶頂した。白目を剝き、半開きの口からはブクブクと泡を漏らす。仰け反った美貌は、完全なるアヘ顔を晒して、あひッあへッとふしだらな喘ぎ声を吐き出すばかり。

「上から下から泡を噴いて、いやらしい女教師だぜ」

「んあぁッ……瑠美、たまらないぃッ」

女教師は、生徒の首を抱き留めて、無我夢中で腰を揺すった。色気たっぷりの尻に何度も痙攣が走り、膣内で精液を受け止めつづけた。

第二章　婚約者の目の前でイキ狂い

「瑠美ッ……瑠美ッ……」

「孝明さんッ」

互いの名を呼び合いつつ、婚約者たちは、ラブホテルで抱き合っていた。亮に汚された身体を孝明の愛で清めてほしい。そう願って、瑠美は烈しく孝明を求めた。なのに。

（どうして……？）

何か、物足りないのだ。一度、亮の巨肉を味わわされた瑠美の媚肉は、孝明のものでは、もう満足できなくなっていた。狂おしく突かれた子宮は、そこまで届きえない孝明の男根に白けたのか、疼きすら感じることもない。

（やっぱりのあのオチ×チンじゃないと）

一瞬でもそう思ってしまった自分を瑠美は責めた。

(何を考えているの、瑠美ッ……しっかりするのよ)

存分に射精した孝明は、仕事の疲れもあってすぐに寝息をたてはじめた。満足できなかった留美の脳裏に亮の男根が浮かぶ。それだけで、信じられないほど媚肉が火照り、いっせいにざわめきはじめたのが、留美には信じられない。

(なんて……なんて、はしたないの)

どうして、こんなことになってしまったのか。受け持ちのクラスの男子に犯され、膣内射精されたあげく、何度も絶頂を味わわされた。空が白むまで犯されつづけた瑠美の股間は、亮の精液で朝焼けの空よりも真っ白に汚された。職員室のそこかしこにいやらしい蜜液の溜まりができ、交わりの臭いがデスクにまで染み込んでいるようだった。翌日が休校日でなければ、掃除をする時間さえなく、出勤した教師たちに無惨なレイプ現場を目撃されていただろう。

(あの男、絶対にゆるさないッ)

シーツをギュッと摑《つか》んだ瑠美の顔が、怒りで真っ赤に染まる。だが次の瞬間、メールを受信したスマホを見て、瑠美の顔からみるみるうちに血の気が引いた。亮からのメールだった。添付されていたファイルを開くと、無惨に犯される自分の姿が、画面いっぱいに映し出された。留美の顔は、いよいよ蒼白になる。

「こ、こんなッ……いつの間にッ……」

亮の巨根をずっぽりと呑み込む膣が、アップかつ鮮明に撮られていた。膣からはみ出た真っ赤な媚肉に白濁が絡みつく画像からは、今にも淫臭が立ち昇ってきそうですらある。苦悶に歪む瑠美の表情をとらえた画像があるかと思えば、快楽を貪《むさぼ》る牝の顔をも撮影されていた。顔中の筋肉を弛緩させ、無様なイキ顔を晒す自分が、留美にはただ呪わしい。

(ひどいッ……こんなの、ひどすぎるわッ)

メールの最後には、明日、朝、六時、合宿棟、と記載されていた。断れば、この画像を学校ばかりか教育委員会や孝明の会社にまで送りつけると、亮は脅迫してきた。

(ああ……逃げられない)

女教師は、絶望で目の前が真っ暗になった。何をやっても冴えない男子生徒が、まさかこれほどの悪魔だったとは。だが、もはや瑠美は、亮に従うしかなかった。寝息を立てる彼氏の横で、瑠美はすすり泣きつづけた。

(ほんとうに来てしまった)

翌朝、瑠美は指示どおりに合宿棟に行った。そこは、学校本館とは別棟の建物で、各部が合宿を行うための専門的用途のある建物だった。当然、二十畳の部屋に、浴室やキッチンも完備してある本格的な合宿所だ。中に入ると、ふてぶてしい笑みを浮かべた亮が待っていた。

「おはよう、先生。言うとおりに来たんだな」

「あなたはッ……あなたという男はッ……」

怒りと屈辱に、瑠美の肩が震えた。それに合わせて、はち切れんばかりにせり出したバストも悩ましく揺れる。シャツの胸元からムンッと漂う色気は、以前の瑠美よりもはるかに妖美だ。さんざんに犯され尽くした身体は、皮肉にもむしろ艶やかに花を開かせてしまったのだ。

「色っぽさに磨きがかかったじゃないか、先生。レイプされて色気が増すなんて、ほんもののマゾの証拠だぞ」

「そんなわけないッ」

「まあ、いいや。今日は、早朝風呂に先生を誘ったんだ。ふふ、身体を清めてから仕事をはじめるのも、なかなか乙だろ」

言われて、瑠美ははっとした。耳を澄ませば、浴槽に湯を張るジャージャーという音が聞こえてくる。この男は、ほんとうに自分と風呂に入る気なのだ。

「お風呂なんて……いやよッ」

「メールを見たんだろ。先生ほどの美人なら、乱れ姿もネットで高く売れるぞ。もちろんモザイクなしでね。あっという間に、先生はポルノスターになれるってわけだ」

(ああ……もう、だめだわ)

がっくりとうなだれた留美は、命令されるがままに浴室に向かった。モクモクと立ち昇る湯気が留美の頰を撫で、教え子と二人きりで浴室にいる、というおぞましい実感をいやでも留美に与えてくる。

「ほれ、さっさと素っ裸になれよ、先生」

「ううッ……」

脱衣所に入るなり、服を脱ぐように命じられた。唇を嚙みしめて、瑠美は自らシャツのボタンを外していく。一度ばかりか、二度までも生徒の前で服を脱ぐことになるなんて。恥辱に震える指先でスカートをずり下ろすと、あとはもう下着だけの半裸が亮の前に晒された。湿った空気が、胸元や太腿の肌にまとわりつくと、留美は今にも泣きそうな顔になる。

(恥ずかしいッ)

「ブラジャーとパンティも脱げよ。ふふ、黒の下着とは、いちだんと色っぽいぜ」

命令されれば、瑠美は従うしかない。ブラジャーを外した留美の指が、パンティの裾に絡む。腰を屈めて、尻を突き出す惨めな格好を直視されるのが、この上なく屈辱的だ。反射的に乳房と股間を両手で隠すと、すかさず亮の声が飛ぶ。

「隠すなよ、先生。つまらないことをして、僕を不愉快にさせないほうがいい」

「ううッ……」

羞恥で顔を真っ赤にしつつも、瑠美の両手が女の秘部から離れた。見事に張った豊乳と漆黒の茂みが、窓から差し込む朝日に妖しく光る。内に秘めた三十路の肉欲が、熟れた身体をいっそう美しく淫らに際立たせていた。まさに熟れ頃の身体だ。

「この前より、またいちだんとスケベな身体になったんじゃないか、先生。セックスで女が色っぽくなるってのは、ほんとうだな」

「ふざけないでッ」

精一杯虚勢を張ったものの、さんざんに自分を犯した男を瑠美の媚肉が察知したのか、ウニウニと蠕動《ぜんどう》をはじめた。陰毛からざっくりと切れ込んだ割れ目は真っ赤に充血し、触れられてもいないのに勝手に蠢《うごめ》く。今にも奥から、いやらしい汁を噴き出してしまいそうなほどの痺れが、留美の股間から押し寄せてくる。

（私のアソコ、どうしてえッ？）

「もうマ×コがうねっているじゃないか。よほど僕のチ×ポが欲しくてたまらないらしい。まあ、慌てるなよ。愛しいチ×ポに、今、会わせてやるからな」

ひひ、と下卑《げび》た笑い声を発した亮も服を脱ぎ全裸になった。憎らしいほど勃起した男根が、獲物を狙うコブラのように揺らめいている。おぞましい光景に、瑠美の背筋にゾワッと寒気が走り抜けた。

(こんなものが、私をだめにしちゃうなんてッ)

「夢にまで見たチ×ポだぞ。嬉しいだろ、先生」

「ああ……」

背筋に感じる悪寒を嘲笑《あざわら》うように、留美の割れ目がジンジンと火照る。自らをメロメロにした男根に再会して、留美の膣ははしゃぐように蠢いてしまうのだ。

(どうしてえッ?)

困惑する留美を亮は無理やり浴室に押し込んだ。湯煙の中に、留美の真っ白な裸身がぼうッと浮かび上がる。女の濃厚な体臭が湯気に溶けて、浴室の中にたちまち淫靡な芳香が立ち込めた。

「スケベな臭いをプンプン撒き散らしやがって。それでも教師かよ」

浴槽には十分な湯が張ってあり、タイル床には、畳二畳分ほどのヨガマットとその上に得体のしれない金色の椅子が置かれている。瑠美はスケベ椅子の存在を知らないのか、用途不明の椅子をきょとんとして眺めている。

「セックスには積極的に見えて、スケベ椅子も知らないんだな、先生。ふふ、僕が使い方を教えてやるよ」

スケベ椅子に座った亮は、瑠美にボディソープを渡した。

「そいつをおっぱいで泡立てて、僕の身体を丹念に洗うんだ」

「そんなこと……できません……」

「つべこべ言うなよ、先生。どうやら、ほんとうにポルノスターになりたいらしいな」

「ああッ……やりますッ……やるから、ゆるしてッ」

瑠美は手のひらに溜めたボディソープで、乳肉を揉み込んだ。艶めかしい肌がたちまちに泡立つと、亮の股間に座るように命じられる。言われるがまま、瑠美は向かい合うように亮の股間を跨いだ。

「いいぞ、先生。そのままおっぱいで僕の胸を洗うんだ。うんといやらしくおっぱいを揺らしてね」

「ああ……」

豊乳が無様に潰れ、亮の胸板で悩ましく円を描いていた。生徒の胸と教師の胸がいやらしく密着し、ヌルンッヌルンッと卑猥な音を漏らす。茂みを掻き分けて屹立する巨大な肉棒が、急《せ》かすように瑠美の下腹を叩くのが悔しくてたまらない。

(なんて、いやらしいッ)

女の大事な膨らみを垢すりのように扱われるなど、考えたこともなかった。

「うまいじゃないか、先生。そのまま床に座って、チ×ポを挟めよ」

(そんなッ……おっぱいでだなんてッ)

だが、瑠美に抗《あらが》うことはできない。亮の両脚の間に跪《ひざまず》き、半球形の乳房の間に肉棒を導くと、左右から両手で圧迫した。打ち立ての鉄のような肉棒の熱が、乳房を伝わって、瑠美の頭まで焦がすようだ。石鹼の香りに混じった雄の獣臭が、熱のこもった頭をいっそうクラクラとさせる。

(この臭い……なんて、濃いッ)

教え子の男根から漂う精臭に、気を抜けばうっとりとしてしまいそうな自分が留美には信じられない。だが、宿主の煩悶《はんもん》など知ったことかとばかりに、留美の乳首はかぐわしい獣臭に反応し、張り詰めたように尖る。

「へへ、チ×ポを挟めて嬉しいッて、乳首が勃《た》ちまくってるぞ」

「そらッ、大好きなチ×ポを洗い清めろよ、先生」

「違うッ……違うわッ」

亮はズンズンと肉棒を突き上げた。乳肉の洞穴を何度も何度も剛直に抉《えぐ》られて、瑠美の美貌が恥辱に歪む。女の清い膨らみを汚らしい男根で打たれるなど、考えただけで怖気《おぞけ》が走る。だが、熱い突起が乳房の谷から亀頭を覗かせ、またヌルンッと後退するたびに、ジンジンとした痺れがバストの内側から膨れ上がる。

「んあぁッ」

（私のおっぱいッ……どうしてえッ……？）

「んッ！　んッ！　んッ！」

打ち込まれるたびに瑠美の喉から、甘い声がほとばしる。喉元に突きつけられた赤黒い亀頭に反応して、声帯までが得体の知れない官能に翻弄されてしまうのだ。

「チ×ポをしごくためにあるようなおっぱいだぜ、先生。職業の選択を間違えたな。教師よりもソープ嬢に天分があるぞ」

「そんなわけないッ……んはあッ……んんんッ……」

口では否定してみても、瑠美の乳房はおぞましい男根に極上の悦びを味わわされていた。まるで乳肉と肉棒が一体化したような妖しい多幸感に、瑠美の頭の中まで灼《や》けただれていく。いつしか瑠美は、自ら乳房を両手で押さえ、裸身を揺すりはじめさえした。

「淫乱教師が、正体をあらわしたな。ひひ、そのまま出してやるから、舌を出せよ。朝一番のホットミルクを味わわせやるぜ」

「ひいッ……こんなッ……んはああッ」

荒い息を吐きつつ、瑠美は言われるがままに舌を出した。喉元で弾けた亀頭から白濁の弾丸が飛び散り、窪んだ瑠美の舌に白濁の水たまりを作る。そればかりか、美貌にまで到達した精液が長い睫毛に絡み、鼻頭を垂れて穴までをも塞ぐ。

(お顔にまで出されてッ)

「パイ射からのベロ射なんて、贅沢で嬉しいだろ。飲みたいだろうが、我慢するんだぞ」

スケベ椅子から立ち上がると、亮はそのままヨガマットに瑠美を押し倒した。きつく唇を吸うと瑠美の口から精液を吸い取る。仰向けにした瑠美と逆シックスナインの体位を取ると、亮の唇が割れ目をぴったりと塞いだ。

(ま、まさかッ)

留美のいやな予感は的中した。膣と人工呼吸をするように、亮の口から精液が注がれたのだ。伸びた舌が執拗に膣壁をまさぐり、丹念に精子を塗り込める。

「ひぃぃッ……妊娠しちゃうってばあッ」

「何度も言わせるな。妊娠していいんだ。先生は、僕の孕《はら》ませ奴隷なんだからな」

亮は、留美の顔や乳房に付着した精液までもを舐め取り、留美の媚肉にまぶしていく。桃色の粘膜は、熱液にまみれて怖ろしいほど熱い。痺れるような感覚とともに、妖しく蠕動する女肉がポンプのように収縮を繰り返し、悪魔の子種を子宮へと到達させようと躍起になる。

「ひーーーッ」

(いやなのにッ……いやなのにぃぃッ)

浴室に響く悲痛な声とは裏腹に、留美の下半身は恥辱の蠕動に快感まみれにされていく。執拗に媚肉にまとわりつく亮の舌が、留美の理性までをも舐め取っているかのようだ。

「それ、いやあッ……瑠美、イッちゃうッ……こんなので、イキたくないぃッ」

宿主の絶望を茶化すように、瑠美の腰はいっそう淫らに跳ね、ニヤけた亮の顔面をパンッパンッと叩く。

「積極的な下半身じゃないか。リクエストに応えて、うんと深くほじってやる」

「はひいいッ」

亮はドリル状に丸めた舌で、ズボズボと留美の肉壺を抉った。容赦なく精液と粘膜が掻き回されると、狂おしいほどの快感が股間から背骨を這い上がり、留美の脳までをも灼けただれさせる。

「んあああッ……こんなッ……イクうッ」

悪夢の人工授精にも、留美の身体ははしたないほどよじれて、女の悦びを表現してしまう。恥辱の絶頂を味わわされて、留美はもう噎《むせ》び泣くばかり。

「教え子の子供を孕めるのが、泣くほど嬉しいってわけか、先生」

(いっそ、死にたいッ)

あまりにも残酷な仕打ち。だが涙と精液に濡れ尽くした女教師の顔が、亮の加虐心と復讐心を、ますます刺激する。

「母胎を冷やすとよくないからな。ひひ、いっしょにお風呂に入ろうじゃないか」

「ああ……」

身体を支えられた瑠美は、すっかり抗う気力もなくなって、亮といっしょに湯に浸かった。孤島のように湯面から浮き出た真っ白な乳房の膨らみに、背後から伸びた亮の手が伸びる。湯ごと烈しく揉みしだかれると、牝と化した瑠美の身体は、艶っぽく反応せざるをえない。

「んはッ……あぁんッ……ひゃあんッ」

浴室に響く甲高《かんだか》い甘声が、自分のものとは思えなかった。だが、迫る教え子の手に荒々しく乳房を揉まれ、意地悪く乳首を摘まれると、留美は為す術《すべ》もなく女の悦びを味わわされてしまう。

（留美の身体、だめになっちゃうッ）

「牝の身体になってきたじゃないか、先生。チ×ポを受け入れる準備は万全のようだね」

瑠美のヒップの下に亮の逞しいものがヌルンッと滑り込んできた。肉茎で割れ目を何度もなぞられると、肉層の奥からいやらしい汁がジュパジュパと溢れるのがわかる。

「スケベな汁を出してるのが、わかるぞ、先生。マ×コがどんどん蕩けてやがる。このチ×ポとつながりたくて仕方がないんだろ」

背後から耳元で囁かれて、瑠美は、ああッ、と悶えた。頭ではいやなのに、身体が、下半身が、亮の男根を求めて狂おしいほど切なくなる。下腹の中で官能が膨れ上がり、暴発させたいという欲求に、女教師は抗うことができない。

「あぁッ……も、もう挿れてッ……」

ついに女教師は、屈服した。いやらしく尻を揺すり、自らの肉襞を亀頭で捲らせる破廉恥ぶりだ。湯と肉棒の熱で脳までを蕩けさせられた留美の全身が、のぼせ上がったように真っ赤に染まる。

「ひひ、あの高慢な先生が、僕のチ×ポをおねだりするなんてな」

歳上の生意気女教師を自分の肉棒で堕とす。男として最高の瞬間だ。しかも結婚間近のフィアンセ持ちともなれば、征服感はより味わい深くなる。亮は、舌舐めずりをして、一気に肉棒を突き上げた。ただれた肉層を搔き分けて奥まで到達した亀頭が、留美の子宮に再会の握手を求めるようにゴツンッと衝突する。

「ひーーーッ」

(これよおッ……瑠美、このオチ×ポが欲しかったのおッ)

喉から、いや、膣から手が出るほど求めた剛直に串刺されて、瑠美は悦びの絶叫をあげた。背後からズンズンと突き上げられると、頭も身体もたちまちに蕩け、ピンク色の官能にくるまれる。豊乳が揺れに揺れ、湯を搔き回す猥雑な光景も、留美にとっては、はや尊くすらあった。ときおり湯面から飛び出る尖った乳首が、どれほど瑠美の快感が凄まじいかとまざまざと物語る。

「風呂の中で生徒とつながった気分はどうだ、先生」

「んあぁッ……はううッ……たまらないわッ」

瑠美は、我を忘れて腰を振った。太く、硬く、長大な触覚がボルトのように身体の芯に突き刺さる。二度と結合が解かれることはない、というほど、凹と凸がきつく結合しているのが、留美にはただ嬉しい。

「はひぃッ……すごぃッ……このオチ×ポ、すごすぎぃぃッ」

「彼氏と僕のチ×ポ、どっちがいいんだ、先生」

禁断の質問にも、瑠美は躊躇《ためら》いもなく叫ぶ。

「このオチ×ポですッ……逞しいぃッ」

女教師は、完全に堕とされた。早朝の空に高鳴る鳥の囀《さえず》りを掻き消すほどの嬌声をあげつつ、狂ったように腰をくねらせる。

「あーーーッ！　あーーーッ！」

湯煙を切り裂くほどの絶叫が、ひっきりなしに浴室を揺らす。浴槽の縁に手をついた留美は、前屈《かが》みになってムチムチの桃尻を振りたくった。真っ白な双尻が、飛沫を上げつつ高速で上下し、はみ出た媚肉ごと肉棒を呑み込んでいく。スクワットをするような恥ずかしい格好になるのもかまわず、留美は無我夢中でヒップを揺らした。

「あぁッ……深いぃッ……奥まできてるうッ」

いいッ、と留美は何度も声に出し、ブルブルと裸身を震わせた。生徒とつながる背徳感はもはやない。ただただ極太の硬直に貫かれる悦びだけが、留美の芯まで灼き尽くし、女教師をただの牝に堕としていく。

「このまま中に出すからな、先生。ふふ、孕んでもいいんだよな」

「ああっ……いいッ……いいわッ……瑠美、孕みたいのッ……中で出してぇッ」

美貌の女教師に膣内射精を懇願されて、亮の興奮も最高潮を迎えた。瑠美の身体が浮くほどの渾身の一撃と同時に、ドバドバと子宮目がけて熱液を浴びせた。

「イクぅッ！　瑠美、イクううッ」

湯の中で、瑠美の裸身に痙攣が走った。美貌が仰け反り、海老反りになった背中が妖しくしなる。ねずみ花火のように尻が弾け、肉棒を引き抜かれた膣からはゴボボッと白濁が溢れた。精液が漏れ出した湯を、痙攣する留美のヒップが攪拌する。

「へへ、精子まみれの風呂に浸かったら、身体中がイカ臭くて、ばれちまうかもな」

「んはッ……ひッ……はひいッ……」

白目を剝いた留美は、口からも膣からも白く濁った泡を噴く。浴槽の縁にしがみついたまま尻を痙攣させ、濁った湯を掻き回しつづけていた。

職員室に戻った留美は、身じろぎもせずに椅子に座っていた。思わず吐いたため息にも色気が混じり、男性職員たちの視線がチラチラと留美に注がれる。

(ああ……こんなものをつけたまま授業をするなんて)

精液に汚された顔を洗い、メイクをし直していると、ピンクローターを持った亮がニヤリと笑った。

「今日は一日、これをつけて授業をするんだ」

「そんなッ……こんものをしてなんて……無理ですッ」

「出勤から退勤まで、ずっと気持ちよくなれるんだから、先生だって嬉しいだろ」

為す術もなく左右の乳首にローターを装着され、膣にまで埋め込まれた。

「こうしておけば、僕の精子が漏れることもないしな」

「ううッ」

瑠美は返す言葉もない。自《みずか》ら腰を振り、精液をねだったいやらしい記憶が蘇《よみがえ》ったのだ。湯の熱で頭がぼうッとしていたのだとしても、教師としてありえないことをしてしまった。だが、もう遅い。

「ちなみに風呂でのセックスも、ばっちり録画しておいたからな。僕の精液をねだる先生のいやらしい姿は、生唾ものだぜ」

「ひ、ひどいわッ」

「いいから、早く出勤しろよ。生徒とセックスしてて遅刻しました、なんて言えないだろ」

（もう、逆らえないんだわ）

悪魔生徒の言いなりになるしかない運命に、瑠美の絶望はますます暗く、深くなっていく。もうすぐ朝礼の時間だが、瑠美は小走りすることもできなかった。膣の中のローターが一歩足を踏み出すたびに媚肉に擦ると、留美は今にも昇りつめて絶叫してしまいそうなのだ。

（それだけは、絶対にいやッ）

はあはあと桃色の吐息を吐きつつ、瑠美はようやく職員室に辿《たど》り着いた。ただでさえ烈《はげ》しい交わりだったうえに、風呂に浸かっていたのだから、顔の火照りがそう消えるわけもない。ましてや、三つもローターをつけているのだから、なおさらだ。瑠美のいやらしい匂いをさっそく嗅ぎつけた倉持が、瑠美の耳元で囁いた。

「仁科先生。昨夜は、婚約者とお愉しみだったようですね」

「し、失礼ですよ、倉持先生」

コンプライアンスの概念が欠如した倉持は、ニヤニヤと笑みを浮かべていた。日頃から瑠美は色っぽいが、今朝はいちだんと色気が増し、凄みすら感じさせる。婚約者とよほど烈しく求め合ったのか、頬がこけ、その美貌に疲労の陰さえ浮かんでいた。だが、それすらも瑠美の美しさと色香をいっそう際立たせるのに一役買っていた。

（この身体を自由にできる男が羨ましいぜ）

まさか瑠美が亮によって凌辱《りょうじょく》の限りを尽くされているとは思いもしない倉持は、女教師の艶っぽい姿に何度も舌舐めずりした。朝礼が終わっても、留美は立ち上がらない。

（足腰が立たなくなるほど、セックスしやがったのか）

留美の裸身を想像して、倉持はムラムラと欲情してきた。今日は、女子たちをしこたまランニングさせていやらしい息遣いを愉しむとしよう。相好《そうごう》を崩した倉持は、意気揚々と職員室を出た。

「では、授業をはじめます……」

三時限目までは、何とかやり過ごした。小テストと称して、授業のほとんどを生徒まかせにしたから、瑠美自身は教壇に立っているだけでよかった。だが四時限目の授業には、亮がいた。教壇に立った瑠美を、蛇のような目で睨《ね》めている。いや、亮ばかりではない。美貌の女教師のただらぬ妖しさを見抜いた男子たちも、欲望に濁った目で瑠美を凝視していた。

(ああ……なんて、ギラギラした目……)

生徒たちの欲望の標的となった留美の身体は、宿主の屈辱に反して勝手に火照り、どす黒い官能が下腹で煮え滾りはじめた。こうなっては、教師の威厳も権威も、あったものではない。

(私の身体、どうしてぇッ?)

戸惑いつつも、留美は授業を開始し、小テストを行うことを発表した。

「先生。ちょっといいですか」

いきなり亮が、声をあげた。それだけで、瑠美の心臓は高鳴り、何をされるかわからない恐怖で背筋に冷たい汗が流れ落ちる。

「な、何ですか……」

「この前の授業でわからないところがあるので、ちょっと説明してもらってもいいですか」

「どうぞ……」

「教科書四十ページ目の文法の使い方を黒板に書いて説明してもらえませんか」

「わかりました……」

亮の依頼ではなかったら、適当ないいわけをして拒否しただろうが、そうはいかない。言われるがまま、チョークを持って黒板に向かい合う。その瞬間、三つのローターがわずかに振動をはじめた。亮が遠隔スイッチをオンにしたのだ。

「はううッ」

頭の中で、バチバチと官能の稲妻が走る。スカート越しのヒップがうねり、長い四肢が悩まし気にクネクネと揺すられた。生徒たちが見ているのに、留美の身体は官能を貪ろうと女肉を一気に蕩けさせていく。

「どうかしましたか、先生」

「な、何でもありません……ええ……ここの英文法ですね……んああッ……」

さらにローターの振動が増すと、たまらず瑠美は甘い声を漏らした。尖った乳首をコリコリといじられ、ふやけた媚肉をローターが掻き回す。振動音こそまだ聞こえないが、股間からはわずかに水音が漏れはじめてさえいる。校庭で体育の授業を行っている倉持の怒声が聞こえてこなかったら、とうにばれてしまっていただろう。

「ゼアウィルビー……んはあッ……このビーというのは……はううッ……」

這い上がってくる快感に、言葉さえ飲み込まされた。ジクジクとぬめる股間に、パンティがへばりつき、噴き出した牝臭はシャツの胸元から立ち昇ってくるほど濃厚だ。

（こんなッ……生徒が見てるのにッ）

スカート越しのヒップが、間歇的に痙攣しだす。太腿が筋張り、股間の付け根がヒクヒクと震える。ハイヒールを履いた爪先までもが震え、カツカツと音を立てる。快淫の火柱が留美の芯を燃やし、その炎はあっという間に全身に及んでいく。

（だめえッ……おかしくなってくるうッ）

生徒の前で、頭も身体も蕩けていくのが怖ろしい一方で、蕩けてしまいたいという背徳の欲求を留美は抑えきれない。

「こ、この文法は、つまり……はひッ……」

留美の異変に気づきつつも、男性生徒たちは、肉感溢れる瑠美の双尻に目が釘づけだ。だが、いくら何でも美人教師の身体が、ローターで責め嬲られているとは夢にも思わない。

「先生、今日はなんだかすごいエロいじゃないか」

不良グループのリーダーにからかわれても、瑠美は叱責することもできない。三点から注がれる快楽の波に呑み込まれて、まともに思考が働かないのだ。

（イッちゃうッ……こんなところでッ……それだけは、いやッ）

「ああッ……ひいッ……体調が悪くてッ……今日は自習にしますッ」

「朝まで彼氏とヤッて寝不足なのか、先生」

「婚約間近だからって子作りには早いだろ」

不良グループたちが、いっせいにからかいの声をあげた。彼氏ではなく、朝からセックスをし、膣内にしこたま放たれた精液の持ち主が亮だと知ったら、不良たちは歯がみをしたに違いない。

(もう、だめだわッ)

震える両脚で、瑠美は何とか教室を出た。教室内がざわつき、生徒たちがガヤガヤとしはじめるのも気にしてはいられない。壁に手を当て、はあはあと息を荒げてトイレの個室に逃げ込んだ。その瞬間、ローターの振動がマックスになった。

「ひいいッ」

不気味な足音が響くのと同時に、個室のドアが開くと亮が立っていた。

「授業を放棄して逃げるなんて、教師失格だな。アクメしてでも生徒に指導する。これこそが聖職者の姿だろ」

「ああッ……」

涙に潤んだ瞳で、瑠美は亮を見上げた。その眼差しには、憎しみも怒りもない。極めたくてどうしようもない牝の欲望だけが、グツグツと煮え滾っている。

「んああッ……瑠美、もう我慢できないのッ……ひゃあんッ……ひと思いにいッ」

「どうしてほしいのか、ちゃんと言わないと伝わらないぞ。英語教師なら英語でお願いしてみろよ」

「んあッ……ああッ……ファ、ファック、ミーッ……ファックミー、プリィイズッ」

恥も外聞《がいぶん》もなく、女教師は懇願した。まさしくアメリカンポルノの女優のように、歯を剝き出しにして、スーハーと荒い息を吐く。自らスカートとパンティをずり下ろし、汗と汁にまみれた双尻を牝犬のように振り乱す。

「へへ、そんなにファックしてもらいたいのか、先生」

丸出しの尻を亮の舌が舐め回した。ゾクゾクする官能が留美のヒップを覆い尽くす。もう立っていることもできず、便座に両手をついたまま尻を高く掲げ、ローターを呑み込んだままの割れ目で亮の股間を撫で回す。

「マ×コでチ×ポをねだるなんて、はしたないにもほどがあるぞ。そんなに欲しいのなら、自分でチ×ポを出してみろ」

「ああッ」

留美は、はあはあと息を荒げつつ、亮のチャックを開け、奥から逞しいものを引きずり出した。うっとりとした表情で肉棒に頰ずりをする留美の姿は、とても教師とは思えない。

「これが、欲しいんですッ……早くッ……留美、切ないのッ」

「ひひ、スケベな教師だぜ」

蜜液まみれの唇を舌で舐めると、亮は一気に肉棒で留美を貫いた。押し込まれたローターに子宮をゴリゴリと圧迫されると、留美の喉から獣のような吠え声が吐き出される。

「おおッ！　それ、すごいのおおッ」

「下品な声を出しやがって。それでも教師かよ」

子宮ごと揺さぶられる打ち込みに、留美は我を忘れて悶えた。閉じられた個室トイレの中からパンッパンッと漏れる衝突音は、誰が聞いてもセックスの効果音だ。ローターごと子宮を滅多打ちにされた留美は、もう何も考えることができず、津波のような快感に翻弄されていくしかない。

「はひいッ……すごッ……いいッ……留美、たまらないわッ」

「そら、うんと出してやるぞ」

「ひーーーッ」

ドクドクと膣内に射精されて、女教師は絶頂した。振動するローターに攪拌《かくはん》された精液が泡立ち、ゴポゴポと逆流するのもかまわず、亮はまだまだ打ち込みつづける。

「ひいぃッ……もう、イッてるうッ……イッてるってばああッ」

「金玉《から》が空になるまで、出すからな。今日から先生は、孕ませ肉便器だ」

便座の上で、結合したまま仰向けにされた留美は、両脚を頭のほうへと押し込まれた。Uの字を描く留美の身体は、まさしく便座のようだ。

(ああ……私……ほんとうにおトイレみたいッ)

屈辱の格好にも、女教師の全身は悦びで打ち震えた。生徒の欲望を受け止めるだけの破廉恥な存在になれたことが、嬉しくて仕方ないのだ。

「んはあッ……出してッ……留美にいっぱい注いでくださいッ」

しなやかな指先で自ら拡げた割れ目から、ヌルンッとローターが飛び出てきた。精液にまみれたローターに続けて、ゴポゴポと大量の白濁が溢れ出す。それを押し戻すように、亮の巨肉が留美を犯しつづけた。

「いいワインが手に入ったんだ。料理を作るから、仕事が終わったらうちに食事においでよ。最近、残業が多いようだけど、今日は帰れそうかい?」

「ええ……早く切り上げていくわ」

「ゆっくりでいいんだ。料理の下ごしらえには、時間がかかるからね。この前みたいに事故を起こしそうにならないようにな」

「電車で行くから、安心して」

（孝明さんに気づかれてなくて、ほんとうによかった……）

孝明からの電話だった。亮に犯され、電話越しに、あられもない乱れ声を孝明に聞かれてしまったが、何とかごまかしきれた。運転中に事故にあいそうになり、留美が錯乱してしまった、という嘘を、孝明が不審に思っている気配はない。まさか自分の彼女が教え子に犯されたなどとは、夢にも思わないのだろう。

（もうすぐ結婚式なのに……何とかしないと）

結婚式の準備が着々と進んでいく間にも、留美は日ごと、亮に犯され尽くしていた。早朝の職員室は当然として、トイレ、プール、体育館、階段の踊り場、図書室でまで犯された。毎日のようにメールが来て、深夜の学校で犯されるうち、留美は自分の身体が快楽に堕ちていくのをいやでも自覚せざるをえない。

（ああ……ほんとにだめになっていくわ）

学校中のあらゆる場所が、セックスの記憶と結びつき、その場所を通るだけで留美の下半身はジクジクと疼き、女の反応を示すようになっていた。レイプされて散らされた花は、官能という養分を与えられて、再度、淫らに花開いてしまったのだ。

(このままでは、地の底まで堕とされちゃう)

何とかしなくては、と焦っても、いざ亮の肉棒に貫かれると、頭の中が蕩けたようになり、何も考えられないまま悶えてしまうのだ。

(とにかく今日は早く帰って、孝明さんと素敵な時間を過ごしたい)

放課後、定時になるのを待って留美は逃げるように学校を出た。幸い、亮は見当たらず、メールも送られてはこなかった。ほっとした反面、留美は、自分の割れ目がいじらしく火照るのを無視できない。毎夜犯されていた女陰が亮の肉棒の側にいたい、と訴えるのか、切なさで女肉がキュンと引き締まる有様だ。

(そんなッ……違うわッ……孝明さんと会えるからよッ)

欲望の影から逃れるように、留美は駅まで走り電車に乗った。二つ目の駅前にあるマンションが孝明の住まいだ。部屋は五階にある。エレベータを待っていると、メールの着信音が鳴った。

(まさか……)

留美には、もういやな予感しかない。そして、それは的中した。亮からだった。冷や汗を滲ませて、留美はメールを見た。

バッグの中に入っている睡眠薬を彼氏に飲ませろ。そうすれば、今夜も僕のチ×ポで気持ちよくしてやるぞ。首尾よく眠らせたら、彼氏の住所を教えろ。

（どうして、孝明さんと会うことを知っているの？）

盗聴されたのかもしれない。慌ててバッグをあさると、粉状の薬が入った小袋が確かにあった。

（言うとおりになんてするわけがない）

留美は五階まで行き、インターフォンを鳴らした。今夜は、孝明と二人でワインを飲み、火照った身体を寄せ合い愛し合う。尊い時間をあんな男に絶対に奪われてはならない。

「早かったね、留美。これからボルシチを作るところなんだ。ワインを飲んで待っていてよ」

「ええ……ありがとう。グラスを用意するわ」

キッチンに立った孝明は、慣れた手つきで野菜を刻みはじめた。いつもは心地よい包丁の音が、今日ばかりはなぜか不協和音のように感じる。用意した二つのグラスにワインを注ぐと、留美の目に暗い欲望が渦巻いた。今日は孝明に愛してもらう。だが、ほんとうに満足できるのか。アクメをうんと味わえるのか。

(ああ……そんなことを考えては、だめよ、留美ッ)

婚約者を裏切るつもりなのか。だが、留美の下半身が、いや、身体がそれを拒めない。彼氏が目の前にいるのに、亮の巨大な男根が、目の前に浮かぶ。それだけで、留美の割れ目はジクジクとした官能に支配された。下腹が疼き、亮の逞しいものを求めるように子宮が熱く、切なく、乙女の初恋のようにキュンキュンとときめく。

「ああ……」

桃色の息を吐いた留美の目が、色情に濁る。震える指先で睡眠薬を摑むと、彼氏のグラスの中に混入させた。

「とりあえず、乾杯しましょうよ」

「そうだな」

彼女の裏切りを知る由《よし》もない孝明は、いかにもうまそうにワインを飲んだ。

「よし、飲みながら料理を作るから、くつろいでいてよ」

「ええ……」

包丁の音がやがて止まり、孝明が床に昏倒《こんとう》した。女教師は、愛と欲に板挟みになってすり泣くことしかできなかった。

「ずいぶんスムーズにことを運んだもんだな、先生。やっぱり僕のチ×ポのことになると、彼氏だって眠らせちゃうってわけだ」

「……」

リビングのソファに悠然と座った亮は、勝ち誇ったようにゲラゲラと笑った。留美は言葉もない。亮の言うことは、すべて事実なのだ。リビングに引きずられて、床の上で昏倒している孝明を、留美は見つめることもできない。

（ああ……孝明さん……ふしだらな留美をゆるして……）

「さて、先生の望みどおりになったってわけだ。ふふ、彼氏が寝ているなら、安心してセックスを愉しめるだろ」

「そんなッ」

「今さらカマトトぶるなよ、先生。僕のチ×ポに犯《や》られたいんなら自分で服を脱いで素っ裸になりな」

留美は教え子の指示どおり、自ら服を脱いだ。その仕種には、もう一抹の恥じらいもない。これから訪れる快楽への期待で頬は上気し、その眼差《まなざ》しはどこまでも淫靡だ。まろび出る乳房も漆黒の茂みも隠そうとせず、むしろいやらしく身をよじって、愛撫をねだる。

「気の早い牝犬だぜ。まずは僕の服も脱がせてよ、先生。熱い口づけをしながらね」

「は、はい……」

牝呼ばわりされても、留美はどこまでも従順だ。うっとりとした表情で教え子の服を脱がせる留美に、もはや教師としての威厳はもちろん、結婚を控えた女のしおらしさもない。官能を貪ることだけに執着した淫らな一匹の牝になっていた。

「んんッ……」

亮の唇を吸いつつ、シャツのボタンを外す。剝き出しになった亮の乳首に舌を這わせ、円を描くように愛撫する。伸ばした指先でベルトを外し、ズボンとパンツを一気に引きずり下ろす間も、乳首を吸いつづけたままだ。

「どんどんスケベになっていくな。それとも、これが先生の本性だったってわけか。婚約者よりも僕のチ×ポとつながることを望む淫乱教師なんだな」

「い、言わないでッ」

「へへ、気取るなよ、先生。ほれ、こいつが欲しかったんだろうが」

亮は、勃起した肉棒で留美の頰を打った。ああッ、と呻《うめ》きを漏らした留美の表情は、うっとりと蕩けていた。雄々しく、硬く、憎らしいほど悠然と君臨する男根が、留美には極楽へと通じる扉の鍵に見える。

（留美、これが欲しかったのおッ）

高級ワインも手作り料理も、いらない。留美が求めていたのは、膣が裂けるほど太く、媚肉が剝がれるほど突きまくってくれる男根だ。恍惚の表情で、留美は肉棒に頰ずりした。舌を這わせ、亀頭を唇でくるみ、狂おしく吸い上げる。

「んんッ……チュパアッ……レロッレロッ」

留美は喉の奥まで亀頭を誘い、狂ったように美貌を振った。陰囊にまで舌を這わせ、甘露な飴玉のように袋にむしゃぶりつく。香り立つ精臭とともに、官能までがふっくらと膨張し、留美の口内はジンジンと痺れた。

（しゃぶるだけで、たまらないッ）

「あの留美先生が、金玉までしゃぶるようになるとはね」

「んむうッ……チュッチュッ……おいひいッ」

女教師の卑猥な姿に亮のボルテージもますます上がる。ルーズに浮かせた尻の下にまで留美の舌が伸び、チロチロと肛門を舐めはじめた。それればかりか、亮の太腿を押し上げて、剝き出しにした窪みを唇で塞ぐアナルキスまでやってのける。

「彼氏の肛門なんて吸ったことがないんだろう。彼女の教え子にアナルキスまで奪われて、孝明は悲惨な奴だな」

「孝明さんのことは、言わないでッ」

ソファに座った亮が顎で示すと、ああッ、と悶えた留美は、飢えたハイエナのように屹立した男根を跨いだ。悩まし気に震える逆ハート形のヒップが、躊躇いもなく落下していく。凹凸が見事にはまった瞬間、留美の声帯が肉悦に震え、つんざくような悲鳴があがった。

「あーーーッ」

「好きなだけ腰を振っていいんだ、先生」

「留美、たまらないッ」

念願の肉棒とつながった留美は、狂ったように尻を揺すった。M字に開いた両脚を限界まで駆使して、ムチムチの双尻をこれでもかと上下させる。

「あんッ！　あんッ！　ああんッ！」

彼氏が昏睡しているからか、留美は臆面もなく嬌声を漏らした。普段はやや低音の声色《こわいろ》を、ここぞとばかりにソプラノの喘ぎ声に変えて無我夢中で尻を振る。引き締まった背中がしなり、長い髪がバサバサと揺れた。汗が噴き出た額にべっとりと貼りついた濡れ髪の間から覗く目は、色に狂い、焦点が合っていない。弛緩した表情筋と力強く打ち込まれる尻とのギャップが、女教師の淫らさを相互に引き立てる。

「背面から突いてやるよ、先生」

「ああッ……」

結合したまま留美の身体を反転させると、亮は猛然と肉棒を突き上げた。

「あひいッ！　すごいいッ！」

「そらッ！　そらッ！」

打ち込まれる肉棒とともに、陰嚢が烈しく飛び跳ねる。結合部はたちまちに泡立ち、いやらしいメレンゲがソファに飛び散った。真っ赤にただれた粘膜が、上下する肉棒に引きずり出されては、また押し戻される。

（んああッ……このセックス、すごいいッ）

想像を絶する快感美に、留美の裸身が海老反りになる。くの字になった身体は汗に濡れ光り、身体中の毛穴から発情臭を漂わせる。

「へへ、彼氏の部屋がいやらしい匂いでプンプンだぜ」

「ああんッ……だってッ……だってえぇッ」

甘えたような声を出しつつも、留美は腰を揺するのを止められない。亮の股間の上で何度も何度も女教師の双尻がバウンドし、それに合わせてバストも忙しなく上下する。怖いくらいの官能が、股間から背骨を伝って留美の頭をドロドロにする。

(これよッ……こういうセックスがしたかったの、留美)

「スケべな臭いで、彼氏の目もばっちり覚めたな」

亮の台詞に留美は、はっと我に返った。ふいに床に落とした視線が、孝明の哀し気な眼差しと交差した。

「いやあぁッ」

(どうしてえッ?)

「あの薬の睡眠効果は一時的なんだ。筋弛緩剤が混ぜてあるから、身体は麻痺して声も出せないが、視覚は正常に機能する。フィアンセが気持ちよさそうに腰を振っている姿が目に焼きついただろ」

「ひいッ……いやッ……こんなの、ひどいいッ……孝明さんッ……見ちゃいやッ……見ないでえッ」

「自分からチ×ポに跨がって、ひいひいよがっていたくせに、見ないでもないだろ。むしろうんと見てもらえよ。先生のいやらしいマ×コをね」

背後から伸ばした両手で、亮は留美の太腿を割り拡げた。ぱっくりと開いた割れ目は真っ赤にただれ、まるで異次元の入り口のように巨大な肉根を呑み込んでいた。はみ出た媚肉が肉茎に絡みつき、むしろ引きずり込もうとしているような女陰の積極さも、孝明からは丸見えだ。恥辱の光景を彼氏の眼前に晒されて、留美は今にも狂ってしまいそうだ。

「こんなッ……こんなの、ひどすぎるうッ」

「彼氏がいるのに、よがりまくれる先生のほうがひどいだろうが」

「ひいッ……あああッ」

あまりの絶望に、留美は泣き叫んだ。だが、悲壮に満ちた表情も、亮の打ち込みによってすぐさま蕩けさせられた。留美の膣は極上の快感を味わわされて、もはや抗う術もない。彼氏が見ているにもかかわらず、留美は自ら腰を揺すって巨肉の槍で膣の奥までをも抉らせる。

「ゆるしてッ……孝明さんッ……ゆるしてえッ」

「彼女のいやらしいマ×コを、もっとよく見せてやるぞ」

結合したまま、亮は立ち上がった。逆駅弁スタイルのまま、仰向けになった孝明を跨ぐ。ミッチリと塞がれた留美の膣が、彼氏からは丸見えだ。捲れた肉襞、充血した媚肉、泡立つ膣口。淫らな秘部を彼氏に見られて、留美はもう泣き叫ぶしかない。

「いやああッ……ひどいいッ……こんなの、ひどいいッ」

「自分で彼氏に薬を盛っておいて、今さらひどいもないだろ」

「ひーーーッ」

留美の膝の後ろを抱《かか》えた亮は、リズミカルに腰を揺すった。卑猥なV字を描いた留美の爪先までがピンッとしなる。無惨に貫かれる膣を婚約者に見られているのに、留美は股間から膨れ上がる快感に抗うことができない。火の息を吐き、身をよじって迫る官能に悶え狂う。

「ああッ……いいッ……ごめんなさいッ……だってッ……いいのッ……このオチ×ポいいのおッ」

ついに留美は、婚約者の面上で快淫を訴えた。それればかりか生徒の男根を絶賛し、肉に狂う女教師と成り果てる。

「へへ、悪いな、孝明さん。先生は僕のチ×ポのほうが、好きみたいだぜ。このでかチンがあれば、あんたの粗末のものはいらないってさ。そうだよな、先生」

「ああッ……そ、そんなッ……」

「正直に言えよ、先生。言わないと、アクメさせてやらないぞ」

いやいやと、幼児のように頭を振った留美は、亮の逞しいものを手放しで誉め称えた。

「このオチ×ポがいいのッ……孝明さんのより、こっちのオチ×ポのほうが素敵いいッ」

「そういうことだ、孝明さん。素敵なチ×ポで昇りつめる彼女の姿をそこで見てなよ」

膝を曲げた亮は、留美を四つん這いにさせて孝明の顔を跨がせた。孝明の鼻先わずか三十センチの距離で、スパンッスパンッと股間と股間が衝突する。

「あひいいッ……こ、こんなに近くでえッ」

「ひひ、先生の快感スポットを死ぬほど責めてやるからな」

「ひッ……んはあッ……すごいいッ……奥まで届いてッ……ああんッ……留美のいいとこばかりいいッ」

裸身を支えた留美の両腕が崩れ落ち、孝明の顔面に結合部が密着した。匂い立つセックス臭に、孝明の目までもが沁みる。それでも容赦なく亮は肉棒を打ち込み、留美の尻ごと孝明の顔面を打ちつける。

「あーーーッ」

彼氏の面上で肉棒を貫かれて、留美は絶叫した。だが恥辱よりも快感が勝り、痙攣が走る上半身が彼氏の身体の上でブルブルと震える。孝明の顔面、留美の双尻、亮の股間。蜜液と快楽にまみれた三つの部位が、陰惨なほどに衝突する様子は、この世の卑猥を体現したかのような有様だ。

パンッ！　ヌルンッ！　ドンッ！

股間と股間が衝突し、肉棒が膣を抉り、留美の恥丘越しに孝明の後頭部が床を殴打する。淫らな打楽器によるトリプル演奏が、およそ十数分もの間、鳴り響いた。

「あひいいッ……ぐるうッ……留美、ぐるっちゃううッ」

「このまま中に出してやるぜ。フィアンセが孕ませられるのを、うんと見せてやるッ」

「イクううッ……留美、いっぱいイクううッ……んおおッ」

はしたない吠え声とともに、留美は絶頂した。真っ白な裸身に痙攣が走り、彼氏の上ではしゃぐように悶え狂う。ドクドクと注がれた精液が膣口から溢れ、蜜液と混じって孝明の顔を汚した。他人の精液を彼女の膣内に注がれたあげく、面上に振り撒かれる。男として、これ以上の悪夢はない。

「まだまだ、こんなもんじゃ終わらないぜ。仲睦まじい婚約者たちの夜をもっと素敵にしてやるよ」

不気味な笑みを浮かべた亮は、テーブルの上に置いてある妖しげな小瓶を摑んだ。

取り出した錠剤を、痙攣する留美の割れ目にヌプリと飲み込ませる。

「ひいいッ……な、なにいいッ？」

「合法非合法の成分を混ぜた媚薬だ。アジア圏では、女好きの変態たちがこぞってネット購入しているんだぜ。セックスのことしか考えられなくなる薬なんて、素敵だろ」

「いやッ……いやああッ……怖いいッ」

だが留美の恐怖とは裏腹に、侵入してきたいかがわしい異物すらも貪欲な膣壁が嚙み砕く。得体のしれない成分を粘膜が吸収し、血管を巡って身体中を支配していくのがわかる。

「こんなッ……ひどいッ……孝明さん、助けてえぇッ」

「さんざん、彼氏の前でよがりまくっておいて、助けてはないだろう。身勝手な女だぜ」

「ああッ……んああッ……おおおッ」

頭の中がピンク色の靄《もや》で覆われていく。身体中が異様なほど敏感になり、わずかに触れられただけでも極めてしまいそうだ。それが留美には、怖ろしくてたまらない。

ひいひいと泣き叫び、狂ったように振り乱す美貌が、やがて止まった。

「はひいッ……あへッ……んはああッ」

うつむいた留美がゆっくりと顔を上げると、その美貌は見るも無惨に色欲にまみれていた。眉間には官能の皺が刻まれ、小鼻はあさましく膨らみ、半開きの唇からはよだれを垂らす。知性も理性も奪われて、どうしようもない欲望だけが留美の身も心も覆い尽くしていく。

「ああッ……切ないの、何とかしてぇッ」

今すぐにでも逞しいもので膣を塞いでもらわないと、狂ってしまいそうなのだ。媚肉がざわつき、すり切れるほど擦られたいと、しとどの蜜液を漏らす。

「彼氏の顔の上なのに、いやらしい汁を溢れさせるなんて、エロいにもほどがあるぞ」

「いいからッ……オチ×ポッ……オチ×ポ、ちょうだいいッ」

「先生におねだりされたら、セックスしてやるしかないな」

亮は留美の裸体を反転させ、彼氏の上で仰向けに寝かせた。孝明の顎の下に、ちょうど割れ目が位置する屈辱の配置に、孝明は苦悶し、留美は悦びの奇声をあげる。

「孝明さんから、丸見ええッ」

「彼氏にセックスを見られるのが、そんなに嬉しいのか、先生。まるでけだものだな」

けだものでもよかった。人間ではなく、一匹の牝になれることが、留美の本望だった。そして、その願いは見事、叶った。

「早く、犯ってええッ」

「イキ狂え、先生」

割り拡げた太腿に挟まれた亮の腰が猛然と跳ね上がる。猛烈な打ち込みに、留美はひとたまりもない。身体中が性器になったかのような空前絶後の快感の大波に、女教師は為す術もなく、いや、むしろ嬉し気に飲み込まれていく。

(どこもかしこも、オマ×コ、みたいぃッ)

膣を貫かれているのに、身体のいたるところから太く硬いもので貫かれているようだ。頭も身体も蕩けきり、極彩色の官能に染められていく悦び。

(し、あ、わ、せ)

「留美、イクイクイクううッ」

凄絶な多幸感を味わいつつ、女教師は極めた。極めたそばからアクメの大波が次から次へと押し寄せ、それは永遠に続くかと思えるほどだ。

「ひいいッ！ ずっど、ぎもぢいいッ！ 留美、まだイグうッ！ もう、イグううッ」

白目を剝き、ブクブクと泡を噴きつつ、留美は何度も絶頂した。そのたびに放たれた精液が太腿にこびりつき、何層にもなってぬめり輝く。孝明の顔は、もはや髪にも鼻にも留美の汁と精液がこびりつき、ガビガビに固まっていた。

「これだけ出されたら、孕めるな。二人の子供として育てていいぞ」

「あッ……ああッ……」

「ちなみにこの光景は、しっかり録画してあるからな。婚約者を寝取られたエリートサラリーマンとして有名になりたくないんだったら、最後まで責任をとって結婚してやれよ」

ひひ、と勝ち誇ったような笑みを浮かべた亮は、まだまだ肉棒を打ち込んだ。留美は、もう自分がどんな格好をしているのかもわからない。全身が膣になったような感覚に、ひいひいと悶え、何度も極めつづけた。

第三章　夫の前で犯されまくる人妻

倉持は何度も時計を眺めては、小さく舌打ちしていた。職員会議が長引き、定時の時刻はとうに過ぎている。今日は、妻の誕生日なのだ。バースデーケーキを予約してあるので、一秒でも早く取りに行きたいのだ。美人でグラマラスな妻の誕生日を祝ったあと、しこたまセックスする。素晴らしい夜が待ち遠しくて仕方がないのに、会議が終わる気配はない。

「ええ、それでは次の議題に行きます」

進行役の教頭、山根《やまね》が資料を捲ると、倉持の苛立ちはいっそう募る。教頭は、咳払いをしたあと、妙に照れたように説明をはじめた。

「ええと、ですね。近頃、我が学校の風紀が乱れている、との報告がありまして……」

「風紀が乱れる？　具体的には、どのような」

別の教師が、間髪入れずに質問した。

「実はですね……その淫らな行為の跡がですな……学校のいろんなところで見受けられると……用務員の女性の方が言われておりましてね」

（淫ら……セックスってことか。なかなか烈しくやってるな、うちの生徒たちは）

山根の説明によると、トイレやプールなどで精子と思われる粘液が、頻繁に確認されているという。だが倉持は、それが亮と留美のセックスによるものだとは思いもしない。性欲旺盛なカップルが、好奇心からそんな場所でセックスしただけの話だと思っているのだ。

「そういうわけで、生徒にはもう一度、風紀を乱す行為をやめるように徹底してもらいたい。仁科先生。あなたは風紀委員の担当でしたな。しっかり、お願いしますよ」

「はい……わかりました」

いつになくおとなしく、留美は山根の言葉に頷《うなず》いた。いつもの留美なら、教頭の優柔不断な態度に悪態をつき、強気な提案で会議を終わらせるはずだ。それが今日に限っては反論することもなく、押し黙ったままだ。

（彼氏とやりまくって寝不足なんだな）

ムクムクともたげる欲望を持て余した倉持は、ようやく会議が終わると急いで帰り支度をした。このところ、毎日残業をしていた留美も、今日はもう仕事がないのかデスクを整理している。

「仁科先生。今日はもうお帰りですか」

「ええ……」

ほんとうに寝不足なのか、留美の顔には疲労が滲んでいた。だがやつれた表情は、むしろ色っぽく、その身体から噴き出すフェロモンも、以前よりはるかに濃厚かつ妖しいものになっている。もともと滑らかだった肌は、今やゾクッとするほど艶やかになり、胸元から漂ってくる女の匂いに、思わず倉持はゴクリと喉を鳴らした。

「倉持先生。今日は奥様の誕生日でしたね。早く帰ってあげたほうがいいですわ」

「ケーキを買って帰るんですよ。へへ、豪勢なケーキでね」

「それは奥様も悦びますわ。ちゃんと蠟燭の準備もしなくてはね」

「いやいや、いい大人がケーキに蠟燭を立てるなんてね」

「いいえ、女は蠟燭で、悦びますわ」

そう言った留美の目の奥に、淫靡さと憐れみの感情が渦巻いていたのを、帰宅に急ぐ倉持は気づくことができなかった。結局、倉持は留美の意見に従って蠟燭を準備した。妻の玲香《れいか》は四十二歳で、近所でも評判の美人だった。性格は勝ち気で、いかにも気の強そうなキリッとした顔立ちをしているが、それが倉持にはゾクゾクとするのだ。裕福な家で育てられたせいか、わがままで高慢なのが玉に瑕《きず》だが、それを補ってあまりあるエキゾチックな美貌に、倉持はとことん惚れていた。長い黒髪と切れ長の目、モデルのような長身にくわえて、せり出したバストとヒップの完璧なプロポーションは、すれ違う男性のすべてが振り返るほどだ。

「帰ったぞ」

自宅マンションに帰ってきた倉持は、玄関のドアを開けると声をかけた。だが、リビングから玲香の反応はない。

（買い物にでも行ったのか）

倉持は靴を脱ぎ、リビングへと進んだ。いきなり目の前に火花が散った。後頭部を何かで殴られたのだ。ああ、と弱々しい声を悲鳴をあげた倉持は、そのまま昏倒《こんとう》した。

（俺は……いったい……）

瞼が重い。それでも倉持は必死に目を開いた。眩しい。照明の光だ。

（そうだ。俺は頭を殴られて……）

「ようやく目覚めたか、先生。奥さんが作った料理が冷めちまったよ」

(この声は……舞浜……?)

「舞浜なのか……貴様ッ……何のつもりだッ」

「何のつもり? いじめられた逆恨みを俺にしようってのか。復讐だよ」

「復讐? そんなこともわからないのか。相手が違うだろ」

「それが教師の台詞かよ。まあ、いい。先生が、教師失格の最低の奴だってことはもうわかってる。その代償は先生自慢の奥さんで払ってもらうよ」

そう言われて、倉持ははっとした。玲香は。玲香はどこだ。

「先生にはもったいない美人だね。ふふ、しかし、だらしないな。こんな美人に子供を産ませられないなんてさ。今日はふがいない先生にかわって、僕がたんまり精液を注いでやるっていう誕生日の趣向だ。僕と奥さんの子供の誕生日になるってわけだな」

「貴様ああッ」

怒りまかせに亮に摑《つか》みかかろうとするも、倉持の手足は縄できつく縛られて動くこともできない。

「まあ、そこでおとなしく誕生日パーティを愉しみなよ、先生」

亮が顎で示したほうを、倉持は見た。ぼやけた視界の中で、ぼうッと白く輝くものが浮かんでいた。次第に視覚が戻るにつれて、倉持の顔から血の気が引いた。下着姿の玲香が、天井から吊るされていたのだ。

「玲香ッ」

「色っぽい奥さんだぜ、先生。縛られて色気が増すなんて、いい女の証拠だ」

幼児がおまるを跨ぐ格好のまま、玲香の身体は麻縄で固定されていた。ブラジャー越しの豊乳の上下にギリギリと縄が食い込み、カップからは乳肉がはみ出している。容赦なく割り広げられた真っ白な太腿に食い込んだ縄の痕が紅く残り、人妻の惨めさを煽る。口にはボールギャグを咥えさせられて呻《うめ》くことしかできない。

「玲香ッ……玲香ああッ」

「相変わらずうるさい人だな。少し黙ってなよ」

「こんなことをして、どうなる……ぐむむッ……」

口の中にタオルを突っ込まれた倉持はいよいよ狼狽《ろうばい》した。ほんとうに妻を凌辱《りょうじょく》されてしまう。西洋の彫像のようにくっきりとした玲香の美貌が、今や恐怖で歪んでいた。屈辱の口枷をさせられて、ルージュを引いた唇が捲れ上がっている。無惨な光景が、倉持には現実のこととは思えない。

「さてと、今夜は奥さんのスケベな姿をうんと見せてやるぞ。いやというほど中に出してやるから、しっかり孕《はら》むんだ」

ゾッとするほど酷薄な亮の目に、玲香の総身が恐怖で震えた。この男は、ほんとうに自分を犯すつもりなのだ。詳しい理由はわからないが、夫に恨みを持ち、その腹いせに自分を凌辱しようとしている。

（あぁッ……誰か、助けてッ）

見知らぬ男にいきなり襲われ、服を毟り取られたあげく縄で縛られた。夫との会話から察するに、この男は学校の生徒だろう。はるか歳下の男に犯され、妊娠させられるなど、考えただけで頭がおかしくなりそうだ。

「それにしても、でかいおっぱいだな。ブラジャーから零れ落ちそうじゃないか」

「んぐうッ」

背後に回った亮の手が、ブラジャー越しのバストを鷲掴みした。お気に入りの高級花柄ブラジャーが、今日初めて会った男の手で、よじられ、潰されていくなど、まるで悪夢のようだ。

「おお……すごい弾力だ。ブラの上からでも、張りがあるのがわかるぜ」

「んんッ……ぐうッ……んんんッ……」

（こんなの、ひどいッ）

真っ白な乳肉が、ブラジャーの中で波のようにうねっていた。胸地からは匂い立つような人妻の体臭が漂い、亮は何度も舌舐めずりをする。首筋や耳の裏を舌先でなぞられるたび、玲香の全身に鳥肌が立ち、恐怖で両脚がガクガクと震えた。

「そろそろ生のおっぱいを拝ませてもらうよ、奥さん」

(そんなッ)

亮の指先がホックに伸びる。卑劣な男の指の感触を背中に受けて、玲香の全身が総毛立つ。パチンッという不吉な音に、玲香の美貌が泣き顔に変わる。わざと焦らすようにブラジャーをずらし、玲香に恥辱感を与えようという亮の魂胆は、見事に成功した。人妻の真っ白な肌が、たちまちに羞恥で紅く色づき、ピンク色にくるまれていく。

(ああッ……恥ずかしいッ)

「もう少しで乳首が見えるぞ。自慢の妻の自慢のおっぱいを、見せてもらうよ。ほうれッ」

「んぐううッ」

拘束を解かれた玲香のバストが、勢いよくまろび出た。真っ白な乳肉の量感は生半可ではない。プルンッという擬音が今にも飛び出してきそうなほどの豊乳だ。上下に走る麻縄に潰されて、ラグビーボールのように変形している。

（ああッ……私のおっぱいがッ）

惨めに押し潰された乳房を見て、玲香の目に涙が浮かぶ。乳肌に食い込んだ縄の痕が、いっそう玲香の恥辱を煽る。

「きれいなおっぱいだ。へへ、上向き加減なのが、また、たまらないぜ」

乳房の頂上では、宿主の性格を受け継いだようないかにも生意気そうな乳首が、ツンッと上向いていた。乳房そのものは、やや垂れているが、亮には、むしろ、それがいい。人妻の色気が乳房の谷からプンプンと立ち昇ってくるのが、たまらないのだ。留美とは一味違う既婚者の色香に、亮の昂《たかぶ》りもますます募る。

「こりゃ、すげえ。F、いやHカップはあるんじゃないか。人妻にしか出せないエロさだ」

（こんなッ……おっぱいを見られてえッ……）

さらに亮は、乳房を鷲摑みして思う様揉みしだいた。おぞましい手が、乳肉をタプタプと揺すり、こねくり回すように執拗に揉み込んでくる。顎の下で、見慣れた乳房が粘土細工のように扱われ、無様に変形していくのを、玲香は眺めていることしかできない。

（こんなッ……こんなああッ）

「肌もモチモチだな、奥さん。男の手で揉まれたくて仕方がないって感じのおっぱいだ」

「んんッ……ひぐうッ……」

ボールギャグを嚙まされた美貌を、玲香は狂ったように振り乱した。唇の端から漏れる唾液が乳房にまで垂れ、かえって人妻の凄惨さを助長する。

「よだれを垂らすほどたまらないのか。スケベな奥さんだぜ。聖職者の妻なんだから、旦那以外の手でイッたりしないよな」

テーブルの上に置いてあったペットボトルの中身を亮はドバドバと玲香の乳房にぶちまけた。照明の光を受けて、乳房の肌が妖しいほどに濡れ光る。

（冷たいいッ）

「ローションまみれの人妻のおっぱいってのは、たまらないな。へへ、奥さん。妻としての誇りにかけて、イクんじゃないぞ」

（ああッ……こんなッ……）

妖しい粘液にまみれた乳房を、亮の手が搾るように揉み込んできた。ただでさえ縄で潰れた乳肉は、いよいよ紡錘《ぼうすい》状に尖り、ヌルンッヌルンッと卑猥な音を漏らす。手のひらの熱とローションのおぞましい感触に、玲香の頭は今におかしくなってしまいそうだ。

「んぎいいッ……んんんッ……」

「手に肌が吸いついてくるみたいだぜ。よっぽど揉まれるのが好きなんだな、奥さんのおっぱいは」

侮辱の言葉を浴びせられても、玲香に応じる余裕はない。亮は、何度もローションをつぎ足しては乳房を搾り、搾ってはつぎ足していく。かれこれ、十五分以上も続く乳房責めに、玲香はひっきりなしに悶えた。今や、乳房は真っ赤に色づき、妖しいほどのフェロモンを漂わせる。

「だいぶなじんできたな、奥さん。へへ、感じてるのが、目でわかるぜ」

「んぐうッ……んんんッ」

無惨に揉まれ尽くしているはずの乳房から、いつしかジワジワとした痺れが押し寄せていた。性を知り尽くした人妻の身体は、十五分もの揉み込みに耐えきれるものではない。怯えていた目が、トロンと蕩け、迫る快美に容赦なく喉元を震わせる。

（な、なに、これえッ？）

玲香は狼狽した。それは、明らかに快感と呼ぶにふさわしい感覚だった。鬼畜のような男に弄《もてあそ》ばれる乳房から、どうしてこれほどの快感が注がれてくるのか。押し寄せる快感の波はどんどん強くなり、今にも玲香の身体を呑み込んでしまいそうだ。

「んんッ……あぐうッ……んぶうッ」

喉の奥から熱い吐息が這い上がって、玲香は悶えた。ボールギャグを嚙ませられていなかったら、甘い声を漏らしていただろう。夫の前で悦びの声をあげるなど、考えただけでも身の毛がよだつ。だが、そんな玲香の安堵を察知したのか、亮は卑しい笑みを浮かべつつ、唾液まみれのギャグボールを外した。

「苦しそうだな、奥さん。こいつを外してから、遠慮なく悶えていいぞ」

「ああッ……こんなッ……こんなの、ひどいいッ……んああッ」

亮の手と声帯が連動しているかのように、揉み込みに合わせて玲香の喉から甲高《かんだか》い甘声が吐き出された。乳肉を搾られるたび、あんッあんッと悶え狂う人妻は、まるで卑猥な玩具のようだ。

「あひいッ……んああッ……やめてッ……ひいいッ……こんなああッ」

「見かけによらず甘い声を出すじゃないか、奥さん。そんなにおっぱいが気持ちいいのか」

「違うッ……ひゃあんッ……んはああッ」

火がついたように熱い乳房は、もう痺れて感覚もない。だが押し寄せる快感は、どんどん増して、玲香の身体は快淫の炎でくるまれる。

「あひいッ……やめてッ……もう、やめッ……んはああッ……ひゃあんッ」

抵抗の言葉すら飲み込まされてよがる妻の乱れ姿に、倉持の顔が歪んだ。自分の生徒に、いいように妻の乳房を揉まれたあげく、官能の声を漏らされる。なんという拷問だ。だが、そんな倉持の苦悶を嘲笑《あざわら》うように、玲香の美貌はグラグラと揺れつづけ、抗《あらが》いようもない官能に翻弄されているのは、火を見るより明らかだ。

（おっぱいで、どうしてえッ？）

「へへ、乳首がビンビンに勃ってるぞ、奥さん。高慢ちきな乳首を摘まんでやったら、いったいどうなっちゃうんだろうな」

言われて玲香は、はッと気づいた。まだ乳首には、指一本触れられていないのだ。なのに、この快感。今、乳首に触れられたら。あまりの恐怖に、玲香は絶叫した。

「いやああッ……触らないでッ……お願いいッ」

（イカされちゃうッ）

「あひいいッ……ひゃあッ……いやッ……だめえッ……それ以上はッ……玲香、だめなのおッ」

「どんなふうにだめになるのか、夫に見せてやれ」

「ひーーーッ」

亮の指先に乳首を摘まれて、玲香は悶絶した。瞼の裏で快感の火花が散り、噴き上がる官能に為《な》す術《すべ》もなく絶頂に達してしまう。

「イクうッ」

ブルウッと悩ましげに玲香の裸身が震えた。乳首で昇りつめたのに、便乗するようにガクガクと股間が上下するのがひどくいやらしい。太腿が忙《せわ》しなく痙攣し、存分にアクメを味わった乳首は、玲香の勝ち気な性格が宿ったようにぶてぶてしく尖っている。

「すげえイキっぷりだぜ、奥さん。とても聖職者の妻とは思えないぞ」

夫の目の前で絶頂を味わわせられて、玲香は号泣した。だが屈辱の涙を上回る量の蜜液が割れ目から溢れ、パンティのクロッチに世界地図のような染みを作る。うっとりするような酸鼻臭が、たちまちに部屋中に満ちて噎《む》せ返るほどだ。

「いやらしい牝の臭いがプンプンするな。先生の奥さんは、どうやらそうとうのスケベらしい。どれどれ、スケベな牝のスケベなところを見せてもらおうか」

腰を屈《かが》めた亮の顔が、玲香の太腿の間に割り込んだ。

「ひいッ……いやッ……そこは、いやああッ」

「これだけグッショリ濡らしておいて、今さら気取るなよ、奥さん」

亮の指先がパンティの裾に絡むと、玲香はいよいよ狼狽した。だが亮は、生皮を剝ぐようにパンティをゆっくりと抜き取っていく。股間を剝き出しにさせられる恥辱を、とことんまで味わわせようというつもりなのだ。

「ああッ……そんなッ……お願いッ……やめてッ……それだけは、ゆるしてッ」

「こんなに濡れたパンティを穿いてたら気持ち悪いだろう。いや、気持ちがよくてこんなにグショグショになってるってわけか」

濡れぬれのパンティは、太腿の中間でくるくると絡まり、動かなくなる。亮は、ポケットから出したハサミで、ぼろ雑巾のようになったパンティを容赦なく裁断した。

完全に露《あらわ》になった人妻の下半身が亮の眼前に晒されると、血が逆流したように玲香の顔が真っ赤に染まる。

「いやああッ」

「おお……」

思わず亮は、嘆息した。桃色の肉襞があられもなく捲れ、ふやけた媚肉が妖しく蠢《うごめ》いていた。陰毛は楕円形にしっかりとシェイプされ、その下の肉芽は、まさか晒し者になっているとも知らずに秘めやかに佇《たたず》んでいる。人妻にしか出せない妖しい色香は、とうてい留美の及ぶところではない。

「スケベな下半身だな、奥さん。熟れ頃の食べ頃ってのは、こういうマ×コのことだ」

「ひいッ……見ないでえッ」

はるか歳下の男に女陰を品評される恥辱で、玲香の裸身が震えた。ギラついた亮の視線が股間を焦がし、痛みすら感じるほどだ。わずか十センチほどの距離で割れ目を見つめる亮の鼻息が媚肉に吹きかかるたび、玲香の怯えがどんどん強くなる。

「さて、素っ裸になった人妻の身体を味わわせてもらうよ、先生」

ローションまみれの乳首を亮の唇がきつく吸った。ジュポッジュポッと凄まじい吸引力で吸われると乳首はさらに尖り、快感に凝り固まる。亮の唇から見え隠れするぷっくりと膨らんだ蕾は、今にも快感で弾けてしまいそうだ。

「ひいッ……吸っちゃ、いやあッ……ひゃあんッ」

「ほんとうに感度のいい乳首だ。ひひ、こっちはどうかな」

凶悪な笑みを浮かべた亮の顔が、玲香の太腿の間に鎮座した。伸びた舌先が肉襞を捲り、麗しい媚肉を容赦なく舐めしゃぶる。

「ひーーーッ」

「これが人妻の味か……スケベな味をしてやがるッ」

「いやッ……吸わないでッ……吸っちゃ、いやあッ……ひッ……ひゃあんッ」

一度極めた玲香の女肉は、亮の口唇愛撫にひとたまりもない。一舐めされるたび、凄まじい痺れが股間を突き抜け、そのたびに引き締まったウエストがビクンッと跳ね上がる。夫が見ているのに、牝の反応を抑えることが、玲香にはできないのだ。

「いやあッ……どうしてッ……どうしてえッ？」

「活きのいい下半身だな、奥さん。旦那の前だってのに、ずいぶんと興奮してるじゃないか」

「ああッ……違うッ……違ううッ」

「これだけマ×コを濡らして、違うもへったくれもないぜ」

蜜液まみれの唇を舌で舐めると、亮はニンマリと笑みを受かべた。今度は唇全体で割れ目を塞ぎ、濃厚な接吻をするように、きつく吸い、舌を差し込み、媚肉に絡ませる。

「ひゃああッ……それ、だめえッ……んはあッ……アソコがヘンになっちゃうッ」

「へへ、ヘンになっていいんだ、奥さん」

玲香の腰に両手を回した亮は、さらに深く舌を捻り込み、媚肉をこそげ上げる。粘膜と粘膜がねっとりと絡み合うと、まるで乙女の初恋のように股間がキュンキュンとときめいた。

「ひーーーッ」

「マ×コがメロメロだぜ。情熱的に絡みついてきやがる」

（あぁッ……玲香のアソコ、どうしてぇッ？）

「はひッ……んはぁッ……ひゃあんッ」

恥辱の極みのような行為にも、玲香は甘い声を漏らすのを止められない。真っ赤に充血した媚肉が蜜液を搾るように蠕動《ぜんどう》し、その上の肉芽は、今やはしたないほど勃起し、ぷっくりと実っている。

「今日は奥さんの誕生日なんだってな。バースデーケーキがあるみたいだぜ。先生にかわって、僕が祝ってやるよ」

薔薇汁まみれの唇を舐め回して、亮がニンマリと笑った。亮はキッチンから運んできたケーキを玲香の尻の下に配置した。蠟燭を立て、ライターで火をつけると、オレンジ色の炎が、玲香の尻肌に妖しく揺れる。

「ちゃんと蠟燭を用意したんだな、先生。留美先生から蠟燭はないって聞いてたから、わざわざ準備してきたんだぜ。せっかくだから使わせてもらうよ」

（どうして、留美が……）

倉持の頭によぎった留美への疑念も、亮が手に持った巨大な蠟燭の衝撃ですぐに吹き飛ばされた。三十センチほどもある真っ赤な蠟燭が二本も用意されていたのだ。火を灯された蠟燭の根元が、玲香の割れ目を無惨に掻き分ける。

「ひいッ……そんなもの、挿れちゃ、いやあッ……アソコが燃えちゃううッ」

「ひひ、ある意味、燃やしてやるよ」

「ひーーーッ」

玲香の膣口をズブズブと巨大な蠟燭が抉《えぐ》った。ガクンッと玲香の美貌が仰け反り、ひいッひいッと喉が痙攣する。三十センチもある蠟燭の三分の二ほどが、玲香の膣に埋まった。揺らめく炎が、どっと噴き出した汗を照らし、まるで玲香そのものがイルミネーションになったかのようだ。

「マ×コに蠟燭を刺してもらえるスペシャルな誕生日だ。嬉しいだろ、奥さん。記念撮影をしてやるからな」

はしたない人妻の姿を、亮はスマホでパシパシャと撮影した。はみ出た媚肉が絡まる蠟燭も筋張る太腿も接写されて、玲香は泣き叫ぶばかり。

「いやあぁッ……こんな格好、撮らないでえッ」

亮は摑んだ蠟燭を、意地悪く前後に揺すった。さらにもう一本の蠟燭を傾けて、玲香の恥丘に蠟を垂らす。淡い茂みに、真っ赤な花がパッと咲き開く。

「あひいいッ……熱いッ……熱いいいッ」

「やっぱり人妻には、縄と蠟が似合うな」

「ひいッ……こんなの、ひどいいッ……んあああッ」

フランス人形のような玲香の美貌が、苦悶に歪んだ。情けなく傾いた眉、膨らんではしぼむ小鼻、恥ずかしげもなく開かれた花びらのような唇。その奥に覗き見える美しく白い歯。人妻の惨美な悶え顔に、亮の嗜虐心も一気に加速する。

「そらッ！　もっと悶えろよ、奥さん」

「はひッ……熱いッ……アソコが、燃えちゃううッ」

ただれた媚肉を滅茶苦茶にこねくり回されて、膣の中は燃えるように熱い。その上に、恥丘に蠟を垂らされつづけて、玲香の股間の内側も外側も灼熱地獄と成り果てる。その熱は、脳までを炙《あぶ》り、気が狂ってしまいそうだ。

「ほうれ、旦那のチ×ポよりも蠟燭のほうが、たまらないだろう、奥さん。正直に言えよ。玲香、蠟燭、気持ちいい、と言うんだ」

「そんなッ……きひぃッ……うああッ」

「強情な奥さんだ。これなら、どうかな」

ぷっくりと実った淫の実に照準を定めた蠟燭が、無惨に傾いた。それを察知した玲香は、なりふりかまわず懇願する。

「そこは、いやあッ……お願い、もう、ゆるしてッ……あッ……あーーーッ」

宝石のような突起を真っ赤な蠟でコーティングされて、玲香は絶叫した。白目を剝き、ブクブクと泡を吹きつつ、美貌を振りたくる。

「ほれほれ、さっさと言わないと、クリトリスが溶けちゃうぞ」

「はひぃッ……うむッ……んあああッ」

さらに一滴、また一滴と蠟を垂らされて、玲香は悶絶した。熱と痺れで股間が勝手に跳ねる様は、まるで一本釣りされたマグロのようだ。さらに股間ばかりか、乳首にも蠟を垂らされて、玲香はもう泣き叫ぶことしかできない。

「はひぃッ……言うからッ……んおおッ……蠟燭、気持ちいいですッ……夫のオチ×ポより素敵いいッ」

「へへ、だってよ、先生。旦那のものより蠟燭がいいなんて、とんだ変態妻だな」

(悔しいいッ)

夫の前で屈辱の台詞を言わされて、玲香は号泣した。だが、悪魔の所業はまだまだ止まらない。亮は摑んだ蠟燭で、猛然と玲香の膣をこねくり回しはじめた。

「いやああッ！　やめてッ……もう、やめてえぇッ」

「誕生日ケーキの火を消してもらわないとな。くく、いやらしい汁を噴いて消すんだ」

「んああッ……いやあッ……うむむッ……こんなの、ひどいぃッ」

熱の余韻で、玲香の肉芽はジンジンと痺れ、その感覚が媚肉までもを異様にさせていた。怖ろしく敏感になった膣は、おぞましい蠟燭にもあっけなく官能を味わわされ、石清水のように蜜液を漏らす。

「だんだん溢れてきたぞ、奥さん。もう一息だな」

「ああッ……いやッ……もう、いやあッ……助けてッ……あなたあッ……玲香、またイカされちゃうッ」

「好きなだけイッていいんだ、奥さん。派手に火を消して、淫乱な人妻として生まれ変われよ」

一突きごとに蜜液の量が増してくるのが、玲香にはわかる。後退する蠟燭に合わせて、ジュパアッといやらしい汁が溢れ、尻の穴にまで達していた。股間の奥で官能が膨らみ、今にも弾けそうな感覚に抗いようもなく翻弄されていく。

「あーーーッ！　で、出ちゃうッ……玲香のアソコ、何かヘンンンッ」

「さあ、派手に誕生日を祝えよ。潮吹きでな」

「ひーーーッ」

絶叫とともに蠟燭が抜かれると、玲香の女陰から蜜液が飛沫《しぶ》いた。散弾銃を思わせる放埒《ほうらつ》な汁の礫《つぶて》が、バシャバシャとケーキに降り注ぐ。蠟燭の火が見事に消え、生クリームといやらしい汁が蕩け合うと、甘酸っぱい臭いがたちまちに部屋中に立ちこめた。

「人妻のお汁のソース添えってやつだな。好き者なら、大金をはたいてでも食いたいだろうぜ」

「んあッ！　ひぃッ！　ああんッ」

悶え声に合わせて痙攣する股間からは、まだまだ汁が止まらない。生まれて初めての潮吹きとはとうてい思えないほど大量の汁が、間歇泉《かんけっせん》のように噴き上がる。夫のものですら、こんな快感を味わえたことはなかった。

「ああ……いいッ……んああッ……玲香……いいッ……」

「先生のものが情けないから、奥さんが蠟燭で満足しちまうんだよ。蠟燭以下のフニヤチン先生だぜ、あんたは」

亮はとことんまで、倉持を罵倒した。妻のド派手なアクメぶりを目《ま》の当たりにして、倉持は悔し泣きに泣いている。自分との交わりでは、見せたこともない妻の蕩け顔に夫としての威厳もプライドもズタズタにされていた。

「さて、奥さん。そろそろほんもののチ×ポが欲しいんじゃないか」

亮は思わせぶりに上衣を脱ぎ、ベルトに手をかけた。ズボンとパンツを一気に引きずり下ろすと、目を見張らんばかりの巨肉の塔が、天に向かってそびえ立つ。

(な、なに……これ……?)

思わず玲香は、喉を鳴らした。蠟燭よりも太く、長く、逞しい男根がビチッビチッと跳ね打っている。子供の拳ほどもある亀頭、肉茎に浮いた太い血管、永遠の精液製造機のようにすら思える大きな陰嚢。そのすべてが、夫をはるかに上回っていた。

(こ、こんなものに貫かれたら……)

だめになってしまう。心も身体も。あまりの恐怖に玲香の全身が震え、奥歯をガチガチと打ち鳴らす。

「へへ、武者震いってやつだろ、奥さん。このチ×ポとつながりたくて仕方がないってことだよな。まあ、慌てるな。まずはうんと上の口で味わいな」

「ひぃッ」

亮は玲香の裸身を背後に倒した。美容院で頭髪を洗われるような格好になった玲香の面上に巨大な突起の影が落ちる。

(お、大きいッ)

牡の威風に満ち満ちた亮の男根を見上げて、玲香は目を見張った。牝の本能が、雄々しい触覚に屈服するのか、上下の粘膜がキュンッと引き締まり、宿主に肉棒を催促してくるのだ。

「どうやら咥えたいみたいだな、奥さん。ひひ、先生、悪いが奥さんの口をちょっと借りるぜ」

「ああッ……もう、ゆるしてくださいッ……お願いいッ……んぶううッ」

だが亮の男根は無理やり玲香の唇を捲り、ズブズブと侵入してきた。一気に喉の奥まで亀頭が到達すると、玲香は完全なるディープスロートで肉棒を呑み込んでしまう。

「すごいぜ、奥さん。根元まで咥えるなんて、フェラチオの才能は抜群だ」

(く、苦しいッ)

限界まで拡げられた唇を、亮の恥丘がぴったりと塞いでいた。鼻先が亮のジャングルに埋もれるほど深い挿入に、玲香は息もできない。唾液に溶けたルージュが浅黒い陰茎に滲んでいく光景が、いっそう玲香に恥辱を味わわせる。

「んぶうッ……ぐむむッ」

「硬くて、太くて、たまらないだろう、奥さん。うんと味わわせてあげるよ」

不敵な笑みを浮かべつつ、亮はリズミカルに腰を揺すった。巨大な肉槍が、玲香の色っぽい唇を巻き込みつつ、何度も喉に突き刺さる。そのたびに濃厚な牡臭が鼻腔に突き抜け、嗅覚までもが犯されているようだ。

「へへ、でかチンはうまいだろう、奥さん。そらッそらッ」

「んぐッ……あむうッ」

美貌の人妻の口に、亮も無我夢中だ。内側から突いた頬が、亀頭の形そのままに膨らむと、たまらない征服感が陰嚢から込み上げてくる。担任教師の妻の口を、思うがままに貫けるのが、愉しくて仕方がないのだ。昂りのままに、亮は吊された玲香の腰を持ち上げた。逆さになった玲香の割れ目はぱっくりと口を開き、呼吸できない宿主に変わって、ヒクヒクと開閉していた。

「へへ、こっちの穴も愉しませてやらなくちゃな」

「あむうッ！」

直立したままシックスナインの格好になると、亮はズンズンと腰を揺すった。玲香の長い黒髪が、打ち込みのたびにバサバサと乱れ、豊乳がそれに負けじとあられもなく揺れまくる。

「んッ！　んッ！　んッ！」

亀頭が喉に達するたびに、細切《こま》れの悶え声が響いた。口内粘膜と肉棒がいやらしく絡む音が鼓膜を撫でる。それと同時に、むしゃぶりつかれる割れ目からも、ジュルジュルと卑猥な吸引音が漏れてくる。

（あぁッ……なんて……いやらしいッ）

はしたない格好で上下の口を嬲られているのに、玲香の芯はただれていくばかり。上からも下からもドロドロとした官能が押し寄せ、下腹の中心でぶつかり合うと、狂おしいほどの快感が内側から爆裂する。

（玲香、おかしくなっちゃうッ）

丸めた亮の舌が肉壺を抉ると、肉層の奥から薔薇汁が溢れ、玲香の尻と下腹に向かって流れ落ちる。乳房と双尻の間を通過した汁は、玲香の美貌にまで達し、ますます口唇愛撫を滑らかにする。玲香は為す術もなく裸身をよじらせ、気がつけば自《みず》ら美貌と腰を揺すっていた。

「ずいぶん積極的じゃないか。ふふ、僕の口とチ×ポがお気に召したようだね」

「んむッ……ジュポッジュポッ……ひゃあんッ……レロッレロッ」

（も、もう……玲香……だめかもッ……）

にわかに生まれた諦念が、一気に玲香の理性を崩壊させていく。芯がただれ、牝の悦びばかりが怖ろしいほど膨らむと、もう玲香は何も考えられなくなった。巨肉を喉の奥まで誘《いざな》ったかと思えば、今度は陰嚢にまで舌を這わし、チュッチュッと愛おしげにキスの嵐を浴びせはじめた。

「旦那が見ているのに、はしたないぞ、奥さん」

「ああッ……あなたッ……チュッチュッ……ごめんなさいッ……レロオオンッ」

「ふふ、先生。僕の金玉のほうが、先生より魅力的だってよ」

夫の顔が屈辱で真っ赤になるのもかまわず、玲香は飢えた幼児のように睾丸にむしゃぶりついた。丹念に皺を伸ばし、裏筋に舌を這わせ、唇全体を使って飴玉のように袋を舐めしゃぶる。睾丸の熱で、口内粘膜が蕩けてしまいそうだ。だが、それが、

（た、たまらないわッ）

睾丸と精臭で満たされた口内から、ゾクゾクとした悦びが溢れ、玲香の頭を蕩けさせてしまうのだ。うねる肉層から溢れる蜜液は、今や壊れた蛇口のようにしとどに溢れ、床にまでポタポタと滴り落ちる有様だ。

「ひッ……イクッ……玲香、また、イッちゃううッ」

「へへ、口にたっぷり出してやるからな」

「んぐううッ」

(イクうッ)

くぐもった声で玲香が、呻いた。揺れる尻肉の間から噴水のように蜜液が飛沫く。淫水の雨に打たれつつ、玲香の口内で亮の肉棒が弾けた。亮の尻がヒクヒクと震えている。その光景が、倉持に妻の口内で悪夢の射精が行われていることをまざまざと自覚させた。愛おしい妻の花びらのような唇の奥で、教え子に射精される。まさに生き地獄だ。

(ああッ……お口の中にいいッ)

夫にすら許さなかった口内での射精を、卑劣な男にされてしまうなんて。だが、粘膜ばかりか歯茎や喉にまで絡みつく精液のねっとりとした感触が、玲香にはたまらなかった。まるで上物の薬物を味わった者のようなうっとりとした表情は、発情した牝のそれだ。

(精子なのに……すごい臭いなのにいッ)

「出して出されて忙しない人妻だな。ひひ、飲みたいだろうが、我慢しろよ」

「ぐむうッ」

逆さになった玲香の口に、亮は巨大な蠟燭を捻り込んだ。二度三度と口内でひねられた蠟燭には、白濁がねっとりと絡んでいる。

「さあて、先生の奥さんには、僕の子供を孕んでもらうよ」

（ま、まさか……）

おぞましい予感に玲香の背筋が震えた。白濁でコーティングされた蠟燭で、膣を抉られた玲香はたまらず悲鳴をあげた。

「ひいいッ……いやッ……いやああッ……妊娠しちゃううッ」

「奥さんはいやでも、マ×コは孕みたくて仕方がないという感じだぜ」

せせら笑った亮は、膣壁に精液を塗り込めるように何度も蠟燭を出し挿れする。生温かい粘液に、人妻の媚肉はすかさず反応し、クイクイと蠟燭を食い締める。

（私のアソコ、どうしてえッ？）

幾層もの女肉が蠕動を繰り返し、おぞましい精子を子宮に到達させようと躍起になっているようだ。

「いやああッ！　赤ちゃん、できちゃううッ」

「生意気そうな顔をして、赤ちゃんなんてかわいいことを言うじゃないか。へへ、そそられるな」

「ひーーーッ」

容赦なく蠟燭で貫かれて、玲香は狂ったように美貌を振り乱した。こんもりと膨らんだ乳房の向こうで、真っ赤な蠟燭が無情に膣の中に消えては、まだ飛び出してくる。一突きされるごとに、白濁のコーティングが剝がれ、自分の膣壁が精液で汚されていくのがはっきりとわかる。

「こんなの、ひどいッ……ひどすぎるぅッ」

「ひどいのは、旦那以外の精液をもらえてはしゃいでいる奥さんのマ×コだぜ。妊娠したいって言っているようなもんだ。見せてやるよ」

動画撮影したスマホの画面を、逆さになった玲香の眼前に向けた。

「ほれ、自分のいやらしいマ×コを見るんだ、奥さん」

「いやッ……そんなの、見たくないッ」

「なら、先生に見せてやるか。妻のマ×コがどれだけいやらしいかを見てもらえ」

「あぁッ……それだけは、やめてッ……見ますッ……見るからあッ」

おそるおそる画面を見た玲香は、絶句した。濡れぬれとなった媚肉がうねりにうねり、蠟燭に絡みついていた。拒絶するどころか、蠟燭にこびりついた精液をこそぐように蠕動している。その様は牝の悦びに溢れ、微塵の恥辱も感じられない。

(私のアソコ……なんて、いやらしいッ)

「どれだけ奥さんのマ×コが妊娠したがってるかが、よくわかっただろ」

「ああ……」

自分の股間がどれだけいやらしいかを目《ま》の当たりにして、抗《あらが》いの気力も萎える。こうなれば、あとはもうおぞましい快感に、追い上げられるばかりだ。

「んああッ……ひいッ……も、もう、だめえッ……玲香、狂っちゃうッ」

「蠟燭がたまらないなんて、ほんとうに変態妻だな。こんな女とは、離婚したほうがいいぞ、先生」

「あひいッ……また、イクうッ」

突き刺さった蠟燭ごと、玲香のムチッとしたヒップが痙攣した。絶頂したのだ。カエルのように無様に開いた両脚がしなり、五本の指が妖しく蠢く。白目を剝き、ブクブクと泡を噴く玲香の逆さの裸身が、ビクッビクッと跳ね打っている。

「なんてイキっぷりだよ、奥さん。ド派手にもほどがあるぜ」

「あ……ああ……」

死んだようにぐったりとした玲香の女肉をいじりつつ、亮がニンマリと笑った。凄絶なアクメの余韻で、玲香はほとんど失神していた。汗まみれ、汁まみれの裸身は、湯上がりのようにピンク色に染まり、今にも湯気を立ち昇らせそうですらある。グショグショに濡れた陰毛のところどころに、精液が絡みついてるのが、弄ばれる人妻の惨めさをいっそう助長していた。

「このくらいでのびてちゃ、この先、もたないぞ、奥さん。それとも先生とのセックスは、いつも一回戦で終わりなのか。だとしたらだらしない男だ。体育教師のくせにして、持久力もないってわけだな」

事実を指摘されて、倉持の顔が情けないほど歪んだ。亮は見せつけるように、まだまだ欲望に漲《みなぎ》っている肉棒を倉持の眼前で揺らめかせた。浮き出た血管に絡みつく白濁が、倉持の絶望をますます深くする。

「今度は、このチ×ポで直接奥さんの子宮にザーメンを浴びせてやる」

自分の倍、いやそれ以上もある男根に、倉持のプライドはズタズタだ。縄を緩め、拘束を解かれた妻が仰向けに寝かされても、なじる言葉も出ない。

「セックスするぞ、奥さん」

「ひッ」

セックス、という生々しい言葉に玲香の意識がはっと覚醒した。

（ああ……いやッ……それだけは、いやッ）

割り拡げられた太腿の間で、亮の剛直が天に向かって屹立していた。逃げようとするも、痺れた両脚は言うことを聞かず、空を掻き毟《むし》るだけだ。されるがままに割れ目を亀頭でなぞられた。充血した媚肉がふっくらと蕩け、むしろ男根を誘うように妖しく収縮を繰り返す。

（ああ……玲香のアソコ、どうしてえッ）

「ひひひ、どうしようもなくチ×ポが欲しいようだな、奥さんのマ×コは。スケベな人妻だぜ」

「違いますッ……ひいッ……いやッ……セックスだけは、ゆるしてッ」

「心配するな。そのうち自分から僕のチ×ポをねだるようになるぞ」

そう言われて、玲香の全身が総毛立つ。脅しではなく、そうなる予感があった。まるで鈍器のような男根。こんなもので子宮を滅多打ちされたら。

（堕とされてしまう……）

「いやああッ……助けてッ……あなたッ……あなッ……ぐむうッ」

鋼鉄の亀頭が膣口の内側にめり込むと、玲香は絶息した。肉襞を巻き込むようにして突き進む肉棒が、今にも膣道を裂いてしまいそうだ。

（なんて、大きいいッ……壊れちゃうッ）

下半身を真っ二つにされる気がするほど、巨大な肉槍だ。ヴァージンでもないのに、筋が切れるバチンッという音が股間から漏れると、玲香はいっそう怯《おび》えた。

「きひいッ……こ、怖いッ……怖いいッ……」

「すぐにたまらなくなるぜ、奥さん。情けない旦那のものとは、逞しさが違うからな」

長く、太く、硬い肉棒は、まるで丸太のようだ。肉茎が脈動するたび、子宮までもが揺らされ、玲香の喉から甘く切ないよがり声が漏れる。声帯が勝手に艶《つや》めくのを、玲香はどうしようもないのだ。

「怖いなんて言って、ずいぶんスケベな声を出すじゃないか」

「あぁッ……違うッ……違ううッ」

言葉では否定してみても、玲香の成熟した身体は、空前絶後の巨肉に容赦なく蕩けさせられていく。噴き出した汗が柔肌に玉となって浮かび、震えるたびに弾け飛ぶ。

くいッと亮の腰が跳ねる。直後、玲香の子宮にコツンッと亀頭が衝突した。

「きゃあああッ」

目も眩《くら》むような快感に、玲香の裸身が跳ね上がった。背中が逆U字に湾曲し、浮き上がった踵《かかと》がブルブルと震える。夫の分身では、とうてい届きえなかった魅惑のユートピアに足を踏み入れられて、玲香の頭の中は真っ白だ。

（こんなッ……こんなああッ）

どす黒い肉悦が、身体のそこかしこで沸騰していた。大きい、というだけで、これほどの破壊力があるとは。愛の営みの意味を根底から覆《くつがえ》された。たった一突きでこれでは、何度も打ち込まれたら、

（どうなってしまうの……）

怯えつつも、股間の内側で妖しい期待が膨らんでいくのを、玲香はもう無視できない。そして、その時はきた。ガッチリと腰を摑まれて、獣のように肉棒を打ち込まれたのだ。

「ひーーーッ」

「たまらないだろ。だらしない夫のことなんか、すぐに忘れてさせてやるからな」

「はひッ……んあぁッ……ひゃあんッ……んあああッ」

（なに、これえッ？）

膣の中で、快感のダイナマイトが次々に爆発しているような感覚に、玲香は絶叫した。爆裂が爆裂を呼び、快楽が途切れることがない。灼熱に晒された子宮は、閃光の

ような官能にときめきっぱなしだ。

「んはああッ……だめえッ……これ、だめええッ……玲香、おかしくなるうッ」

「おかしくなれば、いいんだ、奥さん。ほんとうのセックスを味わった牝の顔を先生に見せてやれよ」

両脚を頭のほうへ押し込まれた玲香の視界に、凄惨な結合部が飛び込んできた。極太の肉茎がざっくりと割れ目を押し拡げ、その根元がいやらしい泡でドロドロだ。泡の隙間から見え隠れする真っ赤な媚肉は、凄まじい発情臭をムンムンと噴き出し、玲香の頭がクラクラするほどだ。

(やらしいッ……やらしいいッ)

「思いきり突くからな。失神するなよ」

「あああッ……はひッ……あーーーッ」

玲香の股間の上で、猛然と亮の腰が跳ね上がり、また墜落する。陰嚢がバスケットボールのように跳ねては沈み、玲香の股間を烈しく打ちつけた。パンッパンッと連続的に鳴り響く結合音に、頭の中まで掻き回されているようだ。

「どうだ、奥さん。旦那よりも僕のチ×ポのほうがいいだろう」

「ひいいッ……ああッ……豊さんよりも、いいッ……ち、違うわッ……違ううッ」

「無理するなよ。女のマ×コは、正直だからな。ほれ、あいつとのセックスじゃ、こんなに濡れないだろうが。グッショリどころかねっとりしてるぜ」

「はひぃぃッ……そんなッ……違うのッ……豊さんッ……ああんッ……ゆるしてぇッ」

（ああッ……こんなの、はじめてぇッ）

これがほんとうのセックスなのか。慈しみ合う愛の行為ではなく、肉が肉を貪る下品なはめ合い合戦のほうが、はるかに気持ちいいなんて。壊れるほど烈しく貫かれるたび、玲香の媚肉は蕩け、めくるめく官能を味わわされる。凶悪でありながら、天上界へと自分を連れ去る極上の肉棒。これに比べたら、夫の男根など、

（取るに足らないわ）

人妻は、そこまで思い極めた。次第に脳が蕩け、ただの牝になっていくのがわかる。身体ばかりか、牝の本能までもが、亮の逞しいものにひれ伏してしまいそうだ。そして、それが嬉しくてたまらない。

「ほれ、早く言うんだ。どっちのチ×ポがいいんだ、奥さん。言わないと、チ×ポを抜いちゃうぞ」

「ああんッ……」

（ひどいわッ）

腰の動きを止められて、玲香の腰がいじらしくうねった。八の字の傾いた眉は、苦悶ではなく切なさを表現し、喉から漏れる甘声は、おねだりのすすり泣きに変わる。完全なる肉奴隷の有様だ。

「ああ……言いますッ……言うからッ……オチ×ポ、止めないでえッ……豊さんのより、こっちのオチ×ポのほうが、いいですッ……ぜんぜん、違うわッ」

堕ちた人妻は、ついに屈服した。妻の残酷な告白に、倉持の顔には、もはや生気がない。侮《あなど》りきっていた冴えない生徒の男根で、妻を強姦されたうえに、籠絡《ろうらく》される。男としては、生き地獄に等しい。

「ひひ、スケベな人妻が、ついに本性をあらわしたぜ。じゃあ、情けない夫の前で、乱れきった顔を見せてやるんだな」

「ああッ……は、はいッ……あなた、ゆるしてッ」

亮は結合したまま玲香の裸身を横にして背後に回った。玲香の片足を上げてL字になった両脚の中心に、ガンガンと肉棒を突き入れる。わずか三十センチほどの距離で、妻の媚肉が憎らしい男根に絡め取られる光景を、倉持は目の当たりにさせられた。若々しい妻の太腿が引きつり、そこかしこに痙攣が走っている。無様な倉持をからかうように豊乳が上下左右に揺れまくっていた。

「ああッ……あなたッ……ごめんなさいッ……んはああッ……玲香、だめになるぅッ」

「ほれ、気持ちよくなってる玲香のオマ×コを見て、と言うんだ」

「はひッ……ああ……あなた……玲香のたまらないオマ×コ、よく見てぇッ」

斜め下から迫る肉棒が、ズボッズボッと玲香の蜜壺を抉った。真っ赤にただれた肉層を掻き分けて、巨大な肉棒が根元まで一気に呑み込まれる。その直後、膣から飛び出てきた肉棒は、玲香のいやらしいとろみにまみれて、凄まじい淫臭を漂わせる。

「ああぁッ……イ、イッちゃうッ……玲香、もう、イキたいッ」

結合部から飛沫く蜜液が夫の顔面に撒き散らされても、もう玲香は気にする様子もない。そんなことよりも、イキたくてイキたくて、どうしようもないのだ。内側から膨らむ肉悦の奔流に、玲香は飲まれていくしかない。

「旦那の前なのに、他人棒でイキたいのか、奥さん」

「ひいッ……イキたいッ……玲香、いっぱい、イキたいのッ」

恥も外聞もなく、人妻は訴えた。どんなに惨めになっても、アクメしたい。玲香は、涙を流して、イカせてッ、と連呼する。

「はしたないにもほどがあるな、奥さん。どうやら先生の妻は、ほんもののド変態だぜ」

「玲香は、変態ですッ……夫の前でよがるいけない妻ですッ」

「へへ、そこまで認めるんなら、お望みどおりイカせてやるよ」

ドッグスタイルにさせた玲香の肉壷を、亮の逞しいものがバッコンバッコン打ちつけた。顎が上がり、背中は湾曲し、太腿がしなる。全身が快楽にただれているのは、誰の目にも明らかだ。蕩けた美貌を夫に見せつけて、玲香の裸身が妖しくうねる。噴き出した汗も溢れる蜜液も弾き飛ばして、玲香はよがりによがり狂った。

「きひいいッ……すごいッ……オチ×ポ、すごいッ……素敵いいいッ」

「蕩ける顔もマ×コも、旦那にようく見てもらえ」

結合したまま玲香の上半身を起こした亮は仰向けに寝転んだ。背面騎乗位になったことで、倉持からは妻の全身が丸見えだ。快楽に緩んだ顔も、揺れまくる乳房も、無惨に拡げられた膣までもが晒し出されていた。

「ひーーーッ」

突き上がる肉棒が喉から飛び出てきそうなほどの圧倒的串刺し感に、玲香は絶叫した。打ち込まれるばかりでは飽き足らず、自ら腰を上下させて、より深く、より強い打ち込みによがり狂う人妻に、かつての高慢さはない。惨めによがり、快楽染めにされる一匹の牝でしかない。

「イグうッ……玲香、イッぢゃううッ」

「旦那に見られながら、ぶっ飛べよ」

「ひぎいいいッ」

白目を剥いた玲香は、絶頂を極めた。反り返った美貌は蕩け、半開きの口からは舌が飛び出している。同時に膣内で射精されると、野太い吠え声とともに、玲香は立てつづけに絶頂した。

「おおおッ」

膣口にぴったりと密着した陰嚢が、ウニウニと収縮していた。ポンプのように大量の精液が送り込まれ、子宮に浴びせかけられているのは、火を見るより明らかだ。

「あああッ……出るうッ」

ブシャアアッ、と勢いよく噴出した液体が、倉持の顔に降り注ぐ。極上の快感に尿道が緩み、失禁したのだ。

「シャンパンサービスならぬ失禁サービスとは、さすがは変態妻だ」

まだまだおしっこが噴き出しているのにもかかわらず、亮は打ち込みをやめない。

痺れた女肉を容赦なく貫き、快感連鎖を誘発させようとたくらんでいるのだ。

「イッてるうッ……もう、イッてるってばああッ……ぐるっぢゃうううッ」

「まだまだ出してやるからな。イキ狂うまで、終わらないぞ」

「ひーーーッ」

ブシャッブシャッ、と黄金色の液体を振り撒きつつ、玲香は何度も極めつづけた。

第四章　電車集団痴漢絶頂

倉持は呆然として、デスクに座っていた。朝礼が始まっても上の空で、その目は死んだように光を失っている。深夜まで妻を犯されつづけた狂気の夜から二日が過ぎても、倉持が受けた傷は、癒えるどころか、ますます化膿し、悪化の一途を辿《たど》っていた。

(こ、これは、夢じゃないよな……?)

何度極めたかわからないほど、玲香はひっきりなしに身体を痙攣させ、イクッイクッと訴えていた。最後には、中出しをおねだりし、ふしだらなイキ顔を晒して失神した。

「最高の誕生日パーティだっただろ、奥さん。おっと、セックスに夢中で、ケーキを食べるのを忘れていたぜ」

蜜液でグショグショに濡れたケーキに、亮は肉棒を突き入れた。ふやけたスポンジと生クリームまみれになった男根を、仰向けに倒れた玲香の口に捻り込む。首をひねってあさましく肉棒を貪る玲香の姿は、牝犬そのものだ。

「どうだ。先生が買ってくれたケーキは愛情がつまっててうまいだろ」

「んぐッ……おいひいッ……ああッ……オチ×ポ、おいひいいッ……」

「チ×ポじゃなくて、ケーキを味わってやれよ。ひどい妻だな」

ゲラゲラと笑いつつ、亮は優雅にシャワーを浴びて家を出ていった。その後、正気に戻った妻とは一言も口をきいていない。怖ろしくて、倉持は玲香の目を見ることもできなかった。土日は学校が休みなので、亮と顔を合わせることはなかったが、今日は週明け月曜日だ。いやでも亮と顔を合わさざるをえない。

(あの男……まさか……こ、こんなことになるとは……)

そのとき、倉持のスマホがショートメールを受信した。亮からだった。今日は学校を休むという旨のメールだった。亮の顔を見なくてすむという安堵が生まれた反面、妙に胸騒ぎがした。嫌な予感。それは的中した。メールの最後に得体のしれないリンクが張られていた。

reika.hitoduma.xxxx.jp

玲香、人妻。おぞましい予感しかなかった。さんざん、迷った末に倉持はリンクを開いた。倉持の顔から、みるみるうちに血の気が引いていくのを、遠くから留美が眺めていた。

亮からのメールを見た玲香は、思わず悲鳴をあげた。今日、これからすぐに××駅前まで来るようにと指示されていた。来なければ、添付した画像を倉持が勤務する学校に送りつけるばかりか、ネットにアップし拡散すると脅迫してきた。メールに添付された数十枚の写真を見て、玲香は心臓を直《じか》に摑《つか》まれたような衝撃に襲われた。

（あぁッ……こんなッ）

全裸になった自分の膣を極太の肉棒が貫いていた。正常位、騎乗位、背面座位、ありとあらゆる格好にさせられた玲香のただれた媚肉が、男根に絡まっていた。結合部から溢れる大量の白濁が、何度も膣内に放たれたことを証明していた。しかも、屈辱に歪む夫の顔が、玲香の蕩けた顔の背後に、はっきりと映されていた。

（なんて……なんて、ひどい男なのッ）

あれから夫とは、会話すらしていない。お互いに気まずくて、声もかけられないのだ。たった一本の男根に、身体を汚されたばかりか、夫婦の仲まで壊されてしまった屈辱に、玲香はすすり泣くことしかできなかった。

待ち合わせの場所に着くと、すでに亮が待っていた。

「ふふ、二日も僕のチ×ポをお預けにされて、ウズウズしていたんじゃないのか」

「そ、そんなわけありませんッ」

「まあ、いい。そこの多目的トイレに入るんだ」

背中を押された玲香は、駅前に設置された公衆トイレに無理やり押し込まれた。

「服を脱いで、これに着替えるんだ」

(こ、こんなッ)

差し出されたのは、見るのも恥ずかしい超ミニスカートだった。黒いエナメルの生地が妖しく照り光り、猥雑さをいっそう際立たせる。黒いシャツはどう見てもサイズが小さすぎて、胸元が露になるのは、明らかだ。

「こんなもの、着られないわッ」

「つべこべ言うなよ。どうやら奥さんは、ネットにいやらしい姿を晒されて、ポルノスターになりたいらしい」

「ああッ……着ますッ……着るから、それだけは、やめてッ」

玲香は、がっくりと肩を落とした。逆らうことは、できないのだ。シャツを脱ぎ、スカートの裾に手をかけた。ヒップを突き出す恥ずかしい格好を見られるのが、死にたくなるほどおぞましい。ご丁寧に用意されたハイヒールまで履かされると、玲香の喉元から顔までが、羞恥で真っ赤に染まる。

「なかなか似合うじゃないか、奥さん。ゾクゾクするな」

(恥ずかしいッ)

肌にへばりつくほどピチッとした黒シャツは胸元から膨れ上がり、今にもボタンが弾け飛びそうだ。超ミニのスカートは、わずかに動いただけでずり上がり、そのたびにパンティが見えてしまいそうになる。

「よし、改札を通って構内に行くんだ」

「そんなッ……こんな格好でだなんて、無理ですッ」

「それなら、それでかまわないぜ。ポルノスターに……」

「ああ……行くわッ……行きますッ……」

今にも泣きそうな顔をして、玲香は人混みの中を歩きはじめた。一歩足を踏み出すたびに、ヒップがスースーとするのが、ひどく頼りない。すれ違う男たちは、みな一様に玲香を振り返る。美貌の女がいやらしい格好をして、豊乳を揺らしつつ歩いているのだから、それも当然だ。

(こんなの……拷問だわ)

「改札を通ったら、プラットフォームに行け」

少し離れた場所から、亮が指示を出す。玲香は言われるがままに改札を通り、プラットフォームに行った。スーツ姿の男が多いなか、ボンデージ姿の玲香は、いやでも目立つ。これでは、自分が痴女である、と公言しているようなものだ。ヒップを守るように両手で覆う玲香は、生きた心地もしない。

「さて、ここからは、生中継してやるからな。奥さんのいやらしいボンデージ姿を先生も見てるってわけだ」

「そんなッ……ひどいわッ」

「ほれ、電車が来たぞ。それに乗るんだ」

狼狽《うろた》える玲香は背中を押されて、無理やり電車に乗らされた。亮は、少し離れた場所から、スマホのレンズを向けている。

(ああ……こんなッ……こんなことって……)

こんないやらしい格好で公衆の面前に立つなど、現実のこととは思えない。出勤のピーク時間帯を過ぎているせいか、満員ではないが、それでも席に座れない乗客がちらほらといる。玲香はうつむいたまま、車両の隅のほうへと身を隠すように逃げた。

「おお……」

男性客たちは、美人の思いがけない破廉恥な姿に、思わず歓声をあげた。血走った目で、はだけた胸元やムチムチのヒップを凝視されると、まるでそこだけが炙《あぶ》られているように痛い。

(見られてるわ……ああ……早く……降りたい)

電車が走り出した。連続的な急カーブで車体が揺れると、玲香の豊乳が窮屈なシャツの中でタプンッと揺れる。そのたびに、男性たちの呻《うめ》くような吐息が車内のそこかしこで聞こえてくるのが、おぞましい。

(ああ……あなた……どうしたら、いいの)

次の駅に停車すると、乗客たちがいっせいに乗り込んできた。何かのイベントでもあるのか、妙に乗客数が多い。気がつくと、玲香は数十人の男性客に囲まれていた。

(ああ……な、なにッ……？)

電車が発車するアナウンスが流れるのと同時に、スカート越しのヒップに男の手が伸びた。尻肉を大胆に揉み込み、いやらしく撫で回す。はっとした玲香が、顔を上げると、男たちがニヤニヤと笑みを浮かべていた。スーツ姿の中年サラリーマンもいれば、茶髪の若い男もいる。

「や、やめてくださいッ……」

男の手を振り払おうとした瞬間、今度は横から伸びた手がシャツの上から乳房をこねくり回してきた。ひいッと玲香が悲鳴をあげると、逆のほうから差し込まれた手が襟元から侵入し、ブラジャーごと乳房を揉み解《ほぐ》す。間違いなく痴漢だ。

「こんなッ……やめてくださいッ……人を呼ぶわよッ」

「呼べるもんなら呼んでみなよ、奥さん。こんなエロい格好をした痴女が何を言っても誰も信用しないぜ。しかも教師の妻なんだろ。警察を呼んで面倒なことになるのは、むしろ奥さんのほうだぞ」

男はニヤニヤと相好《そうごう》を崩して亮と目を合わせた。頷《うなず》き合った二人の男の顔は、凶悪さに満ちている。痴漢集団のリーダーである大崎《おおさき》とネット上で知り合った亮は、日時と場所を打ち合わせ、電車の中で玲香を嬲り尽くそうという気なのだ。

「スケベな身体をしているな、奥さん。俺の経験からいって、こういうムッチリボディの人妻は、例外なくいやらしいんだ」

おもむろに伸びてきた大崎の指先が、スカートの内側に潜り込む。パンティごと尻肉を揉み込まれて、玲香は悲鳴をあげた。

「ひいッ」

「こりゃ、想像以上にスケベな身体だぞ。へへ、期待で胸が膨らむぜ。まあ、奥さんのこのでかパイには、及ばないがな」

どこからともなく伸びてきた手が、玲香のバストを荒々しくこねくり回す。男たちは、玲香を囲むように壁を作り、他の乗客たちから見えないようにしていた。その数は、十人以上だ。

「あううッ……やめッ……ひッ……やめてえッ」

(こんなッ……電車の中でえッ)

抵抗しようにも、何本もの手に身体をまさぐられては、逃れようもない。左右に身体をよじったところで、そこには幾本もの手が待ち構え、大胆にシャツを捲り、スカートをずり上げてくる。胸元と尻の肌が露《あらわ》になると、人妻の甘酸っぱい香りが、男たちの輪の中でムッと立ち昇る。

「ああッ……やめてッ……やめてくださいッ……」

他の乗客にばれるのが怖くて、大声も出せない。恥じらいと苦悶に玲香の顔が真っ赤に染まる。それが痴漢常習者たちにとっては、たまらないのだ。恥じ入る人妻の身体をジワジワと剝き身にする。痴漢冥利に尽きるというものだ。

「ひひ、こんなスケベな身体は、触られてなんぼじゃないか」

「どれほど自分の身体がスケベか、俺たちが教えてやるぜ」

前から後ろから伸びてきた指先がクロッチを巧みにずらして、陰毛を掻き分けてきた。さらに尻のほうから潜り込んできた指も、加勢するように媚肉をいじる。

「そんなッ……あぁッ……」

思わず両手を下げると、今度は数本の手が乳房に群がった。シャツの中に忍び込んだ手にホックを外されると、抜き取られたブラジャーが次の瞬間、眼前にあった。

(そんなあッ)

前後左右から襲いかかる指が、乳肉を揉み、乳首を摘まんでくる。いつの間にか両腕を押さえ込まれた玲香には、いよいよ抵抗の術《すべ》がない。股間どころから肛門までもをこねくり回されて、玲香の裸身がよじれによじれた。

(こんなッ……やめてッ……お願いいッ)

「電車の中で身体を責められるのは、興奮するだろう、奥さん」

玲香の耳たぶを舐めつつ大崎が囁《ささや》いた。玲香は衝撃に次ぐ衝撃で、言葉すら発せない。男たちの行為はどんどんエスカレートし、乳首に吸いつく者やしゃがんで太腿を舐める者さえいる。股間の付け根を貪《むさぼ》る唇がクロッチにまで到達すると、玲香はたまらず絶叫した。

「ひいいッ……うむッ……ぐむうッ」

だがその瞬間、男の手に口を押さえられて、くぐもった呻きにしかならない。

「悶えたいのはわかるが、オフィシャルな場だからな、奥さん。静かにしろよ。痴漢の醍醐味は、ひっそりと情熱的にってわけだ」

(こんなことってッ……こんなことってええッ)

今や玲香の半裸には、いくつもの唇が蛭のように吸いつき、そこかしこをおぞましい舌が這い回る。いつの間にかずり下ろされたパンティが、無様に伸びて太腿に絡んでいるのが、まるで悪夢のようだ。

(いやあッ……脱がさないでえッ)

「真っ赤なパンティとは、やる気マンマンじゃないか。ほんとうは、痴漢されたいんだな」

「旦那じゃ、奥さんみたいなスケベな身体は、とても満足させられないってわけだ」

(ああッ……こんなッ……ひどいッ……ひど過ぎるうッ)

強引に片足を持ち上げられて、ハイヒールの先からパンティが抜き取られた。中年の男がクンクンと脱ぎたてのパンティの匂いを嗅いでニンマリとした。そればかりか、クロッチに舌を這わせて恍惚の表情で味わっている。

「かぐわしいぜ、奥さん。いやらしい牝の味だ」

「丸出しになってすっきりしただろ、奥さん」

全員が卑劣なうえに変態だった。玲香の股間の前後にしゃがんだ男たちは、舌を伸ばしてジュルジュルと媚肉を吸ってくる。そればかりか、左右からは太腿と尻肉を舐められ、今や玲香の下半身は唾液でヌルヌルだ。

「ひいッ……いやあッ……あひッ……いやああッ」

「へへ、いやいや言ってるわりには、いやらしい汁が溢れてるぞ、奥さん」

「乳首もビンビンじゃないか。公共の場だってのに、はしたない身体だ」

無数の手と唇に嬲られれば、成熟した人妻の身体は、いやでも反応してしまうのだ。ましてや、狂気の一夜によって、牝の悦びを知ってしまった玲香には、抗《あらが》う術はない。男の唇からはみ出した唾液まみれの乳首は、あさましく尖り、今にも弾けてしまいそうだ。

(私の身体……なんて、いやらしいッ)

「へへ、だいぶ感じているようだな。ほんとうにスケべな人妻だぜ」

「今度は、俺たちを気持ちよくしてもらおうか」

肩を押さえて玲香を膝立ちさせた男たちは、ガチャガチャとベルトを外しはじめた。ふてぶてしくいきり勃った幾本もの肉棒が、獲物を狙うコブラのように揺らめいている。どの男根も夫よりも逞しく、欲望の権化のようにしなっているのが、玲香には怖ろしくて仕方がない。

「ひいいッ」

「ほれ、奥さん。たっぷり味わってもらうぜ」

「いやッ……いやあッ」

右を向いても左を向いても巨大な肉棒が玲香を待ち受けていた。汗と尿が蒸れた異臭が玲香の美貌にまとわりつき、思わず吐き気が込み上げる。だが肉槍はジリジリと迫り、玲香の美貌のぐるりを囲んでいっせいに突進した。

「ひーーーッ……ぐむうッ……いやッ……あむうッ」

頭部を押さえつけられた玲香の口腔を肉棒が抉《えぐ》った。喉の奥を亀頭に塞がれて、玲香は悲鳴をあげることもできない。口ばかりか、頬や耳、頭頂部にまで熱い肉棒を擦りつけられて、ジリジリと玲香の美貌が炙られる。

（熱いッ……熱いわッ）

火傷《やけど》してしまうほど熱く、硬く、逞しい。下劣な痴漢たちの男根のほうが、夫よりも猛々しいのが玲香には哀しかった。

「へへ、奥さん。俺たちは総勢十二名いるんだ。全員が出すまで続くからな」

肉棒がけたたましく前後した。唇ごと引きずり出しては、また押し戻す悪夢のイラマチオに、玲香は絶息寸前だ。

「んぐッ……あむうッ……うむむッ」

「ほれ、両手が空いているぞ」

空いた両手にも肉棒を摑まされて、強引にしごかされた。烈しいイラマチオによって顔面を打たれるたび、乳房がプルンップルンッと揺れまくる。停車した車両に乗り込んできた乗客も、痴漢たちの異様な雰囲気に怯えて、違う車両に逃げてしまう。

「さすがは人妻だ。しゃぶる顔もたまらないぜ」

「この前の女子大生より、ずっとスケベな顔だ」

男たちも、色気ムンムンの玲香の姿に無我夢中だ。しゃがんだ男たちは、口々に玲香を褒めつつ、乳房や女陰をいじり回した。肉芽を摘ままれ、女肉をこね回されると、玲香の裸身にどす黒い快美が渦巻いた。はあはあと漏らす吐息は桃色に変わり、怯えた目が次第に恍惚の眼差しとなっていくのを、百戦錬磨の男たちが見逃すはずもない。

「へへ、うっとりとしてきやがったな、奥さん」

「んんッ……んんんッ……」

電車の中とわかっていても、ジワジワと迫る快感に玲香は抗うことができない。前後左右から伸びた何本もの指に肉壺を掻き回されると、いっそう快感が増し、玲香の頭がグラグラと揺れる。揉みくちゃにされる肉層の奥から悦びの汁が溢れ、男たちの手首にまで滴るほどだ。操られるように腰が勝手にうねり、肉棒を摑んだ両手も忙《せわ》しなく動く。

(ああッ……玲香、どうにか、なっちゃいそうッ)

「こりゃ、そうとうの変態だな。もう自分から肉棒を求めてやがる」

「へへ、そろそろ出してやろうぜ」

「んぶううッ」

口と手の中に居座る肉棒が、ふいに膨張した。次の瞬間、ドピュドピュと口内に射精されて、刺激臭が鼻腔に突き抜ける。さらに両手でしごいていた肉棒から放たれた精液が、容赦なく玲香の美貌と乳房に着弾した。睫毛に垂れた白濁が鼻筋を通過し、顎からポタポタと落下する。

(お顔もお口も精子まみれッ)

「うへへ、出したてのミルクはうまいだろ、奥さん」

「まだまだ先は長いんだ。喉を潤しておきな」

鼻を摘ままれた玲香は、その拍子にゴクゴクと精液を飲み干してしまう。

（いやあッ……の、飲んじゃったッ）

名前も知らない男の精液を飲まされるなど、悪夢でしかない。だが生臭い粘液が喉に絡むと、ジンジンとした官能が内側から膨れ上がってきた。牝の本能が、雄の子種に色めきだち、宿主を悦びの彼方へ吹き飛ばそうとしているのだ。

（う、うそッ……まさかッ……）

「あひッ……いやあッ……玲香、ヘンッ……あああッ」

（イクうッ）

ギリギリと裸身を絞って、玲香は絶頂した。天を仰いだ美貌は悩まし気に歪み、色に濁った目で虚空《こくう》を見つめるばかり。膝立ちした太腿を溢れる汁が流れ、床に淫らな溜まりを作る。男たちは、あまりにもいやらしい人妻のアクメ姿に、思わず生唾を飲み込んだ。熟練の痴漢たちも、ここまで妖美に極めた女を知らなかった。ああんッ、と甲高《かんだか》い甘声を漏らそうとする口をすぐさま別の男根が塞ぐ。

「こんなにチ×ポが好きな人妻は、滅多にいないぜ」

「こりゃ、ついてるな。となれば、とことんまで愉しませてもらうまでだ」

男たちはかわるがわるに肉棒を突き出し、玲香の口を犯した。両手ばかりか髪にまで男根を絡ませて、精液の弾丸を乱発する。口内に出された白濁は、一滴も零すことなく飲み込まされた。そして、そのたびに玲香は惨美な極め姿を披露した。

（玲香、どうしても、イッちゃうッ）

「なんてイキっぷりだ。ザーメンを飲むだけで極めるなんてな」

「これだから人妻は、やめられませんよ」

「あひぃッ……ぷわあッ……んぐぐッ」

十二人の卑しい男たちが、全員射精し終えると、玲香はもう全身白濁まみれだ。黄色く濁ってはべりついた精液と放ちたての精液が層になって、玲香の髪や頬、乳房、太腿、身体中を汚し尽くしている。車両の中には異様な臭いが立ちこめて、もう乗ってくる者は誰もいない。完全に破廉恥車両と化していた。

「こんなもんじゃ、俺たちは満足しないぞ、奥さん」

「目的地まであと二十分もあるぜ」

「それだけあれば、まだまだアクメできるな。嬉しいだろう、奥さん」

男たちの精液まみれの男根を、亮が持つスマホのレンズがとらえていた。痴漢する男たちの顔を映さなければ、という条件で大崎から許可を得ている。

「先生のスケベな姿を、旦那が生中継で見てるぞ」

「若いのにずいぶん女を嬲るのが、上手《うま》い。たいしたものだ。だそうだ、奥さん。旦那にもっとスケベな姿を見せてやらなくちゃな」

「そ、そんなッ……ひどいッ……けだものおおッ」

「これから自分がけだものになるのに、よくそんなことを言えたもんだ」

「ひいッ」

立たされた玲香は、片足を持ち上げられた。ヒールを履いたままの爪先が、アクメの余韻でピンッとしなる。両脚の中心では、真っ赤な媚肉が狂ったように蠢《うごめ》き、男根を催促しているかのようだ。

「奥さんのマ×コはお待ちかねってわけだな」

「ひひ、こりゃ、すげえ。挿れただけで、チ×ポが食いちぎられそうだぜ」

獲物を最初に味わうのはリーダーと決まっているのか、大崎が逞しいもので玲香の割れ目をなぞった。わずかに突かれただけで、媚肉の奥から蜜液が溢れ、大崎の亀頭がシロップをかけられたようにぬめり輝く。

「おお……セックスが、したくてしたくてたまらないってのは、こういうマ×コのことを言うんだな」

「ひッ……いやッ……いやですッ……電車の中でだなんてッ……狂ってるわッ」

「狂うのは、奥さんのほうだよ。なにせ、十二本のチ×ポを相手にするんだからな」

（じゅ、十二本なんて無理いッ……死んじゃうッ）

「ほうれ、いくぞッ」

「ひいいッ」

大崎の巨肉が、渾身の力で玲香の蜜壺を突き上げた。下半身が浮き上がるほどの一撃に、玲香の声帯はとても耐えられない。絶叫をあげる瞬間に、別の男の唇を吸い、自ら悲鳴を押さえ込む。

「ひいッ……ぐむむッ……」

「キスで声を飲み込むとは、考えたな、奥さん」

「ひひ、ただたんに、ベロチューがしたかっただけかもしれないな」

（熱いッ……アソコが、燃えちゃううッ）

灼熱が粘膜を焦がし、子宮を快感の業火がくるみ込む。巨大な亀頭で滅多打ちにされる子宮は、屈辱のレイプにもキュンキュンとときめいて、宿主にめくるめく官能を味わわせてくる。

（ああッ……悔しいッ……こんなッ……狂わされちゃうッ）

電車の中でも、女肉がざわめくのが玲香には信じられない。女の底深い欲望を、玲香は呪った。だが快楽を味わわされる身体は、はしゃぐように引きつり、長い黒髪がバサバサと振り乱れる。股間と股間がバコンッバコンッとぶつかり合う音が、玲香の鼓膜までをも凌辱《りようじよく》していた。

（いっそ、殺してッ）

だが死にたいほどの屈辱も、大崎の巨肉にたやすく掻き消された。あとに残るのは狂おしいほどの快感だけだ。芯がただれ、蕩け、身体そのものが快楽になってしまったような凄絶なセックスに、玲香は何も考えることができなくなる。

「ああ……いいッ……ひいッ……蕩けちゃうッ」

「ついに牝の本性をあらわしたな、奥さん」

「蕩けていいんだ。おかしくなるまで、蕩けちまいな」

大崎の陰毛と自分の陰毛が蜜液に濡れてグシャグシャに絡んでいた。いや、陰毛ばかりか媚肉までもが肉茎にへばりつき、抽送をねだっているようですらある。だが、完膚なきまで大崎の男根に屈服することが、今ではもう、玲香には悦びですらあった。

「んはあッ……いいッ……あああッ……玲香、嬉しいッ」

（イッちゃうッ……玲香、イッちゃうッ）

「ひひ、イキたいんだろう、奥さん。イキたいのなら、ちゃんとお願いするんだ」

「ああ……も、もう……イキたいですッ……玲香をイカせてッ……」

恥じらいもプライドも投げ捨てて、人妻は懇願した。切なさで潤んだ瞳は、誰が見ても牝の欲望に濁っていた。小鼻を膨らませ、はあはあと火の息を吐く。牝の悦びに身悶える玲香に、ニヤニヤと笑みを浮かべた亮がにじり寄った。

「ほうら、レンズの向こうにいる夫にちゃんと詫びるんだ。他人のもので極める玲香を許してってな」

「ああ……あなたッ……ごめんなさいッ……だって……玲香、もう我慢できないのッ」

「そういうわけだ、先生。要するに奥さんは、でかくて硬いチ×ポなら何でもいい牝犬ってわけだ。愛しい妻が変態で、残念だったな、先生」

「ひーーーッ」

大崎の肉棒に突き上げられて、玲香は悶え狂った。もう片方の足も抱《かか》えられた玲香は駅弁スタイルで貫かれると、絶叫しつつ美貌を反らせた。反射的に突き出した双腕を大崎の首に巻きつけて、自ら腰を振る淫らっぷりだ。

「ここまでくると、もう痴漢じゃなくて公開セックスだぞ、奥さん」

「もっとしおらしく腰を振ってくれないと、隠すのが大変だぜ」

「ああッ……いいッ……いいのぉぉッ……たまらないッ」

ここが電車の中だということも忘れて、玲香は狂ったように腰を揺すった。突き上がってくる肉棒に合わせて、玲香は息を合わせるかのように双尻を振り下ろす。結合部から蜜液が飛沫き、大崎の陰嚢は驟雨《しゅうう》を受けたようにグッショリと濡れていた。

「あひっ……いいッ……奥まで届いてッ……ひゃあんッ」

「へへ、マ×コがギュンギュン食い締めてくるぜ。こりゃ、ほんものの変態妻だ」

「こんなにスケベなマ×コは、一本じゃ物足りないだろ、奥さん」

玲香の背後からにじり寄った男の肉棒が、結合部にあてがわれた。大崎の打ち込みに合わせて、男の巨肉が玲香の膣に潜り込み、膣壁を限界まで押し拡げる。

「ひいいッ……裂けちゃううッ……二本なんて無理いいッ」

「無理じゃないぞ、奥さん、しっかりでかいものが二本、ぶち込まれてるぜ」

「二本刺しなんて、奥さんみたいなエロマ×コには、本望だろうが」

「ひぎいッ……ごんなッ……おっぎいのがッ……二本もおおッ」

二本の剛直が一つになって、玲香の肉壺を占領していた。身体そのものが膣になってしまったかのような圧倒的な貫通感に、玲香はもう、我を忘れてよがり狂うしかない。

(すごいいッ……挿れただけでッ……イッちゃううッ)

ギリギリと挟み打ちされた腰が軋《きし》む。二つ折りにされた玲香の裸身が、ビクビクとのたうち、踊らされていた。想像を絶する肉悦に、玲香はひとたまりもなく絶頂に追いやられる。

「ひーーーッ」

「派手にイッたな、奥さん」

「旦那が見てるもんだから、はりきってるんだな」

大崎と男は、交互に肉棒を突き上げはじめた。一本の肉棒が子宮を叩くと、次の瞬間、突き上がってきたもう一本の肉棒が立てつづけに子宮をパンチする。さらに後退する肉棒が粘膜を引きずり出すと、ドロドロの官能が膣内に轟いた。一呼吸の間もなく快感が爆裂し、玲香の裸身は灼けただれ、蕩けていくばかり。永遠に続くかと思われる快感の連続に、人妻は狂わされていく。

「ぐるっちゃうッ……玲香、ぐるっちゃううッ」

「へへ、二本分の精子を受けて、イキ狂うんだ、奥さん」

「うんと精液が欲しいだろ、奥さん」

「んはあッ……欲じいッ……玲香の中に、いっぱい出じでえぇッ」

無様な懇願を躊躇《ためら》いもなく叫ぶ玲香は、もはや人ではなかった。ひたすらに快楽を貪る、一体の肉人形だ。

「ほれえッ、出すぞッ」

「ひーーーッ」

（せーしが、いっぱいいいッ）

大量の精液を注がれて、玲香は立てつづけに絶頂した。けたたましく痙攣する肉棒を、亮のスマホが接写する。陰嚢が収縮し、ポンプのように精液を注ぎ込む悪夢の光景が倉持のスマホに転送されていた。結合部から溢れる精液が、蜜液に混じって陰嚢に垂れ流れる。ムッとするほどのセックス臭が車両に満ちて、カメラのレンズを曇らせる。

「ちゃんと見てるか、先生。奥さんのマ×コは、精子で大洪水だぜ」

「こっちは、あと十人もいるんだ。奥さんが狂っちまっても孕んだ赤ん坊をちゃんと育てるんだぞ、旦那さん」

男たちは入れ替わり立ち替わり、玲香を犯し尽くした。もはや当然のように二本の肉棒が同時に玲香の膣を抉りまくる。

「んひいいッ……ごわれるうッ……ひぎいッ」

「何言ってやがる。壊れるどころか、メロメロだぜ」

「こんなにスケベなマ×コじゃ、二本だって物足りないだろ、奥さん」

美貌を振り乱し、上半身がギリギリとしなった。二本の肉棒で杭打ちされた腰だけが動かないのが、むしろいやらしい。

「ひゃあッ……れいがッ……おがじくなるうッ……ごんなッ……オヂ×ポ、いっぱいいッ」

半狂乱の態で玲香は絶叫した。股間の中で快感が膨張し、それが何度も爆発して、身体がただれきってしまいそうだ。細胞の一つ一つまでもが男根に擦られ、精液を浴びせられているような凄絶なセックス感に、見るもあさましいアへ顔を晒す。

「あへえッ」

「こりゃ、すげえ。下品な顔だぜ」

「奥さんみたいな美人のアへ顔は、たまらねえな」

玲香を囲むように蠢く男たちの舌が、玲香のうなじや乳房、太腿を容赦なく舐めまくる。その間も、玲香は何度も絶頂し、膣内に精液を注がれた。あまりの快感に、玲香は涙を流して、自分を犯す肉棒を絶賛する。

「はひいいッ……ぎもぢいいッ……オチ×ポ、すごいいッ」

「胃もマ×コも精子で満たされて、たまらないだろ、奥さん」

「人妻冥利《みょうり》に尽きるだろ。ふふ、俺たちも痴漢冥利に尽きるがな」

最初こそいやがっていた女が、最後には歓喜に打ち震えて肉棒を求めてくる。まさに痴漢の醍醐味だ。ましてや、女が美人で、いやらしい身体の持ち主ならば、その達成感はいっそう輝く。

「お前たち、何をしているんだ！」

車両のドアが開くと、警察官らしき男の声が聞こえた。

「やばい！　散れッ。解散だ」

痴漢たちは、すぐさまズボンを穿き、何食わぬ顔をした。そうすることにより、一見犯罪者かどうか判断がつかなくなる。亮は、かねて用意しておいたロングコートで玲香の身体をくるむと、退散する男たちに囲まれつつ車両を降りた。逃走の段取りもすでにしてあったのだ。

「じゃあ、またあとでな」

大崎が亮に目配せした。頷いた亮は、まともに立つこともできない玲香を支えて、駅から立ち去った。

トイレの個室の中から、倉持の悲痛な呻き声が響いていた。血走った目からは涙が溢れ、画面の中で悶え狂う妻の裸身を濡らす。おぞましい痴漢たちの手が、妻の乳房を揉み尽くし、股間を意地悪くいじっていた。最初こそ苦悶に満ちていた妻の声が、次第に艶を帯び、甲高い甘声となっていくのが、倉持には信じられない。

「あぁッ……いいッ……イクぅッ……玲香、イクぅッ」

スマホの画面いっぱいに痴漢たちの男根と妻の膣が擦れ合う光景が映されていた。どす黒い男根に真っ赤な媚肉が絡みつく映像からは、ムンッと淫臭が漂ってきそうなほどだ。

（ああ……玲香……）

絶望的な妻の痴態ぶりに、倉持はすすり泣くばかり。厳しい体育教師の面影はもはやない。だが意気消沈した倉持に、亮はえげつない映像を送りつづけた。妻の愛らしい膣口が切ないほど拡張し、二本の肉棒が突っ込まれていた。四つの陰嚢がけたたましく揺れ、肉塊となった男根が蜜壺を串刺しにする光景が、アップで映されると、倉持は声にならない声を出して泣き崩れる。

「おおッ……玲香ッ……ああぁッ……イクなッ」

倉持の必死の願いも空《むな》しく、玲香は悲鳴をあげて絶頂した。それも倉持との営みでは、決して届き得なかった高音の悶え声だ。

「あんッ！　あんッ！　ああんッ！」

艶めいた玲香の声に、倉持の頭は、今にもおかしくなってしまいそうだ。卑劣な痴漢たちの男根に貫かれて快楽を貪る一匹の牝。それが妻だった。

「ああ……玲香……」

弱々しい倉持の声とは裏腹に、画面の中の妻の腰は荒々しく振り乱れる。滅茶苦茶にこねくり回された玲香の肉壺の中で、男根が弾けた。貪欲に収縮する四つの陰嚢が、欲望を吐き出すように射精しているのは明らかだ。

「ひいいッ……オマ×コ、せーしでいっぱいいッ」

ガクガクと裸身を痙攣させて絶頂する妻の姿に、倉持の精神は崩壊していった。

「ほれ、顔を拭《ぬぐ》ってきれいにしてやるよ。それじゃ、乱交してきましたって言ってるようなもんだぜ」

「あ……ああ……」

駅前の多目的トイレの中で、汚され尽くした身体を拭われても、玲香は抗うこともできなかった。まともに言葉を発することもできず、死んだようにぐったりと便座に座る玲香の裸身はピンク色に染まり、抑えがたい牝の臭いと精液の臭いをムンムンと噴き出している。

「へへ、スケベな臭いをさせやがって。それでも聖職者の妻かよ。いや、生殖するのは、むしろ奥さんか」

亮の下劣な冗談も、玲香の耳には届かない。便座に座った玲香の腰が、セックスの余韻を愉しむようにガクガクと震えている。太腿にべっとりと垂れた精液の層が、玲香がどれほど犯され尽くしたかをまざまざと物語っていた。

「さて、奥さん。今度はこれを着るんだ。ただしパンティはなしだ。どうせすぐに脱がされることになるからな」

「ああ……も、もう……ゆるして……おうちに帰して……」

「馬鹿言うな。このくらいで音《ね》をあげるなよ、奥さん。さっさとメイクをし直して、服を着るんだ」

玲香は言われるがまま化粧をし、渡された服に着替えた。今度はわりと普通のスカートとサマーニットのノースリーブだ。だが、続けて差し出されたものを見て、玲香の顔に再び怯えが走る。噂に聞いたことはあるが、初めて見る妖しい突起。ディルドだ。

「こいつを肛門にぶち込んでやるよ。安心しな。奥さんほどの尻なら、簡単だぜ」

亮は真っ黒なディルドにワセリンをたっぷりと塗り込んだ。ゆうに二十センチを超えるディルド。こんなものが尻に挿《はい》るわけがない。

「無理ですッ……お尻が、壊れちゃうッ」

「チ×ポを二本も咥えたマ×コの持ち主だろ。尻だって逞しいぜ」

「ひぃいッ」

便座に手をつかされ、スカートを捲られるとクンッと上向いたヒップが丸出しになった。震える尻丘の中心で貝のように口を閉じた肛門は、いかにも初心《うぶ》という感じだ。

「ひひ、すまし顔した肛門じゃないか。自分だけは関係ないと思ってやがる」

「あぁッ……やめてくださいッ……お尻なんてッ……あひぃッ」

ディルドの先端が肉の窪みをジワジワと拡げた。経口剤すら使用したことがない玲香の肛門は、突然侵入してきた異物に慌てふためき、怯えたように収縮を繰り返す。

「お願いッ……やめてッ……いやッ……うむッ……ぐむうッ……」

「尻の力を脱けよ。力んでいたら、ほんとうに肛門が裂けちまうぞ」

玲香は狼狽えた。まさか排泄器官をいじられるとは、思ってもみなかった。出すことだけを目的としているはずの器官に、長大な突起が捻り込まれるなど玲香には信じられない。ミチミチと筋を断ち切る音が、玲香の鼓膜を震わせると恐怖はいよいよ膨らんで抑えようがなくなった。いやッいやッと美貌を振り乱すも、ディルドは容赦なく玲香の窪みの内側に潜り込んでくる。

「んああッ……あむッ……いやッ……それ以上、挿っちゃ、いやあッ」

おぞましい感覚にガチガチと奥歯が打ち当たる。肛門を塞がれているのに、喉まで塞がれたような感覚に、玲香は息をするのもやっと有様だ。

「いやなんて言って、うまそうに呑み込んでるじゃないか。もう半分も挿ったぞ」

「ひいッ……無理いッ……裂けちゃうううッ」

玲香の尻肉が、悲鳴をあげるようにヒクヒクと震えた。噴き出した汗に照り光る尻は、本人の意志とは無関係に、いやでもムンムンと色気を振り撒いてしまう。妖しく震える尻の割れ目の奥へと極太の突起が呑み込まれていく様は、まるでマジックショーのようだ。

「活きのいい尻だ。ほうれ、ずっぽり飲み込んだぞ」

「あッ……あああッ」

人妻の肛門が、根元までディルドを呑み込んでいた。目を見開き、大胆に唇を開けたままの玲香の美貌は、時が止まったように動かない。肛門を辱《はずかし》められた衝撃で、悶えることもできないのだ。

（こんなッ……お尻なんてッ）

「へへ、色っぽいな。これならうんと稼げそうだ」

（ど、どういうこと……？）

「学生の懐なんて寂しいものだからね。ましてや僕はいじめを受けて金を巻き上げられていたんだからな。取られた金は、全部奥さんの身体で稼いでもらうよ」

「準備はできたかい？」

個室トイレのドアが開くと、そこに立っていたのは大崎だった。

「ええ、ばっちりですよ、大崎さん」

「客はお待ちかねだぜ。奥さん、早くしろ」

「ひいッ……こんなの、無理いいッ……もう、ゆるしてッ……ゆるしてえッ」

玲香は号泣しつつ、懇願した。だが無慈悲な男たちが、玲香の言葉を聞き入れるわけもない。トイレの前に停車していたバンに、玲香は無理やり押し込まれた。

「ふふ、俺は痴漢の他にも、女の斡旋《あっせん》をしているんだ」

大崎が誇らし気に笑った。大崎にとって痴漢行為は、無論、自身の欲望を満たす行為だ。だが同時に商品の品定めでもあった。玲香は、これまで大崎が手にかけた女の中でも飛び抜けていい女だった。

「スケベな身体に、スケベなことをしてもらえよ、奥さん」

（そんなッ……）

このままでは、ほんとうに売られてしまう。だが、後部座席で亮に見張られていては、逃げようもない。ましてや肛門にはディルドがねじ込まれていて、思うように両脚が動かないのだから、逃走は絶望的だ。

（いったい、どこに連れていかれるの）

不安と怯えにすすり泣いているうちに、どこかはわからないが山中の道に到着した。大崎と亮は後部座席を倒すと、麻縄で玲香の手首を縛った。頭の後ろで手首を固定されてしまえば、ドアを開くこともできない。

「しびれを切らして待ってるだろうぜ。やっこさん、奥さんの写真を見せただけで、目を血走らせていたからな」

大崎と亮が外に出ると、なにやら話声が聞こえてきた。五万とか二時間とか具体的な数字が飛び交《か》うと、いよいよ玲香の背筋に怖気が走った。ほんとうに自分の身体が売り物にされようとしているのだ。しばらくするとドアが開いた。頭髪が薄くなった小太りの中年男性がぬっと顔を覗かせる。

「ほう……こ、こりゃ、ほんとうにいい女だ」

男は、しきりに舌舐めずりをして、玲香に近づいた。

「あぁッ……た、助けてくださいっ……私は無理やり、連れて来られてッ……」

「そんなこと知るか。俺は五万で二時間、奥さんを買ったんだ。へへ、想像以上だぜ。これで人妻だっていうんだから、たまらない」

鼻息を荒くした男は、一秒ですらもったないとばかりに服を脱ぎ、全裸になった。

「奥さんの服は、俺が脱がしてやるからな」

「ひいッ……お願い、助けてッ……助けてぇッ」

膝立ちしてあとずさった玲香の唇を男の唇が塞いだ。アルコールを飲んでいるのか、酒臭い息が玲香の鼻腔を汚す。顔を背けても、男の両手に頬を固定されてはどうしようもなかった。またたく間に舌をねじ込まれて、強引に舌を絡ませてくる。

（こんなッ……キスなんてッ）

「うむッ……いやッ……レロレロ……やめッ……ぷはあッ……いやあッ……」

「かわいい唇だなあ、奥さん。どれどれ、おっぱいも見せてもらうか」

「ひいいッ」

ニットセーターを毟《むし》り取られると、玲香の餅のような豊乳がまろび出た。男は飢えた狼のように熟れた乳肉にむしゃぶりつく。

「ノーブラなんて、変態だな、奥さん。ひひ、おっぱいも変態的に感じるんだろうな」

「ああッ……いやッ……助けてッ……あなたッ……助けてえッ」

「あなた、か。いいねえ。いかにも人妻って感じだ。興奮するねえ」

他人の所有物を力尽くでものにする。まさに男冥利に尽きる瞬間だ。昂った男は、口いっぱいに乳肉をほおばり、チュッパチュッパと何度も吸った。真っ白な乳肌に男の吸い痕が、花びらのように咲き乱れる。

「もう乳首が勃ってるのか。奥さんも、とんだ好き者だな」

「んああッ……違うッ……違ううッ」

さんざん犯され尽くした玲香の身体は、すっかり敏感になっていた。男の不衛生な舌にも快く応じて、玲香の乳首は凝り固まってしまうのだ。矢印のように尖った乳首は、まるで極楽へ行きたいと願うように天を指し示していた。

「こんなに感じてくれるなんて、嬉しいねえ。ここからも、スケベな香りがプンプンするぞ。えへへ、奥さんのスケベなところを見せてもらうかな」

「いやッ……そこは、いやッ……そこだけは、いやああッ」

いやいやと泣き叫ぶ玲香のスカートとパンティが抜き取られ、人妻の剝き身が無情に晒された。玲香の羞恥にまみれた表情とは裏腹に、肛門は狂おしいほどディルドを食い締め、羞恥の欠片も感じさせないほどだ。その上では、ジクジクと湿った媚肉が、ただれたように充血し、妖しく蠢いている。

「ほんとうに尻に突っ込まれてるじゃないか。あいつらが言ったとおり、ほんものの変態妻ってわけか。スケベな尻だぜ」

「ひいいッ……いやあッ」

玲香を仰向けに押し倒すと、男はディルドを摑んでズボズボと肛門を抉った。同時にただれたような媚肉を舌先で舐め上げ、チュッチュッと吸い上げる。

「んはあッ……そ、そこはだめですッ……ひいいッ」

「きれいなオマ×コだ。人妻とは思えないな。ますますそそるぜ」

舌舐めずりした男は、玲香の両脚を押し込んでマングリ返しにした。濃厚な口づけを交わすように、玲香の膣口を唇で塞ぎ、伸ばした舌で肉層を抉る。その間も摑んだディルドで肛門を責めつづける。

「あひいッ……んひゃあッ……それ、だめえぇッ」

嬲られる膣に対抗するように肛門が収縮し、ディルドをギリギリと圧迫した。尻の中で妖しい期待と官能が膨らみ、怖いほどに、どんどん大きくなっていく。

（お尻なのにッ……なんでえッ）

「へへ、肛門がヒクヒクしているぞ。よっぽどたまらないんだな」

「ああッ……違うッ……違うわッ」

「こんなにお汁を噴き出して、何が違うんだ、奥さん」

排泄器官をいじられる異様さに、玲香の膣までもが昂るのか、ジクジクと蜜液が溢れとどまることがない。電車の中であれだけ蜜液を出したのに、まだまだ物足りないとばかりに息巻く自分の膣が憎くてたまらない。

「ひひ、奥さんのスケベ穴ばかり気持ちよくなってちゃ、ずるいぜ。俺のチ×ポも、そろそろ愛してもらおうか」

玲香の頭のほうからにじり寄った男のものは、刀身のように反り返っていた。飢えた肉刀が玲香の唇を嘲笑《あざわら》うように捲り、そのままズブズブと口腔の奥まで貫く。

「うむッ……あむうッ……んぐぐッ」

「こりゃ、すげえ。根元までずっぽり咥えやがる。美人なのに、スケベな口だぜ」

人妻の色っぽい唇に自分の男根がくるまれている魅惑の光景に、男の興奮も凄まじい。唾液に溶けたルージュが黒ずんだ肉茎に滲んでいるのが、男の征服感を満たす。

ニンマリと口元を緩ませた男は、リズミカルに腰を揺すった。

「ほれッほれッ」

「あむうッ……うむむッ……ジュポポッ」

陰嚢が何度もバウンドし、玲香の高い鼻先を押し潰すように衝突した。内側から肉棒に突かれた頰は無様に膨らみ、まるで飴玉をしゃぶっているようだ。濃厚な精臭が鼻腔を満たすと、脳までが痺れ、玲香は次第に何も考えられなくなっていく。

(ああ……この臭いでッ……だめになっちゃうッ)

男は腰を振りつつも、逆シックスナインの体位で玲香の割れ目にむしゃぶりつき、ディルドで肛門を抉りつづけていた。口、膣、肛門の三点責めに、玲香はもうひとたまりもない。三穴から押し寄せる快感に蕩けた裸身は、隅々までもが性感帯になっていく。

(そんなッ……だめよ、玲香ッ……耐えるのよッ)

予感があった。ここで踏みとどまらなければ、人の道を外れ、淫欲の地獄へとまっしぐらだ。

「もう我慢できないぜ。奥さん、つながろうや」

「いやッ……挿れるのは、だめえッ……それだけは、ゆるしてッ」

「こっちは五万も払ってるんだ。一発や二発じゃ、終わらせねえぞ」

仰向けになった玲香の両脚を頭のほうに押し込むと、男は長大なものでズブズブと膣を抉った。すでにふやけきった肉層は、わずかな抗いも見せずに、男の男根を根元まで受け入れる。ただれた媚肉がピラニアのように男根に食いつき、しゃぶり尽くそうとするほどの乱れぶりだ。

「ひーーーッ」

「おおッ……こんなスケベなマ×コは、初めてだぜッ……これだけで五万の価値はあるな」

「ひいッ……んああッ……あひいッ」

こんもりと張った乳房越しに、男の肉棒が猛然と跳ねるのが見える。さらにその向こう側では、肛門から飛び出したディルドが、打ち込みに合わせて揺れていた。前でも後ろでも突起を飲み込まされる衝撃の光景に、玲香はおかしくなってしまいそうだ。

(両方なんてえッ)

だが、犯される膣に嫉妬するのか、肛門までが緊縮し、玲香に妖しい官能を与えてきた。一突きされるごとに快美がどんどん膨らんでいくのが、玲香には怖ろしい。尻から押し寄せる痺れが背骨を伝って脳にまで達し、玲香は何も考えられなくなる。

「ああッ……いいッ……んああッ……いいわッ」

「本性をさらけ出したな、奥さん。へへへ、うんとよがらせてやるぞ」

結合したまま仰向けになった男の腰が、猛然と跳ねる。騎乗位でつながった玲香の子宮目がけて、逞しいものが容赦なく突き上がり、何度も何度も衝突した。身体の中心に火柱が立ち、玲香の肉という肉をただれさせていく。

「んはああッ……すごいッ……玲香、おかしくなるうッ」

前のめりになった玲香の頭部を抱きとめた男は、獣のように腰を振った。烈しい打ち込みに車体がギシギシと軋む。玲香の色気たっぷりの尻肉が、打たれるたびに波打ち、薔薇汁と汗が飛沫となって撒き散らされる。

「あああッ……いいッ……いいわッ……痺れちゃううッ……あーーーッ」

あられもない絶叫とともに、玲香の美貌が反り返る。それが合図だったかのように、亮はディルドを遠隔操作した。ブウンッと唸《うな》りをあげて振動しはじめたディルドが、人妻の肛門の中で暴れ回る。

「ひいいいッ」

男の肉棒とディルドが、薄い膜一枚を隔ててガツンッと衝突した。目も眩むような快感が暴発し、玲香の肉という肉が溶けていく。じっとしていることもできず、玲香は狂ったように頭と腰を乱れ振った。

「んひゃあッ……ずごいいッ……おっぎいのが二本もおおッ」

「いひひ、奥さんの中で、俺のチ×ポとディルドが擦れ合ってるぞ。マ×コが震えて、こりゃたまらないぜ」

「あああッ……イクうッ……玲香、イッぢゃうううッ」

ギリギリと背中を湾曲させて、玲香は絶頂を極めた。前後の穴から押し寄せる快楽の波が下腹の奥で一つになり、身体ごと呑み込んでいくような圧倒的絶頂感に、玲香はひとたまりもない。

(すごすぎいいッ)

バネが切れたように弾ける腰を、男の肉棒が杭打ちした。ふやけきった柔肉を肉棒が掻き分けると、結合部からドロリと蜜液が溢れ出す。肛門にまで達した汁が、振動するディルドに攪拌《かくはん》され、ブクブクと泡立てられる。前も後ろも凄絶に貫かれて、玲香の下半身は快楽の炎で灼け尽くされていく。

「ひーーーッ！　玲香、もうイッでるのににいッ！」

「何度だってイッていいんだ、奥さん。誰も見ちゃいない。下品によがりまくれよ」

「んぎいいッ」

男に言われるまでもなく、品性の欠片もない低音の吠え声が、玲香の喉からひっきりなしに漏れる。もはや泣き声ですらない濁った声が、どれだけ人妻が快感に狂わされているかを知らしめる。後ろ手に両手を突きつつ自ら腰を振りたくる玲香の美貌は蕩けきり、はしたないほどのアヘ顔を晒していた。

「いい顔だ、奥さん。セックスが好きで好きでたまらないって感じだ」

「あんッ！　ひゃあんッ！　あああんッ！」

玲香は狂ったように悶えまくった。男の動きに合わせて身体を入れ替え、あらゆる角度から肉棒を受け入れる。セックスに飢えた人妻は、どんなに恥ずかしい格好をさせられても、もう狼狽えることもない。むしろ肉人形のように扱われ、犯され尽くすことに涙を流して歓喜する。

（いっぱい犯《ヤ》られて、嬉しいいいッ）

玲香は、本気でそう思った。頭でも心でもなく、人妻の穴が逞しいものを求めてやまず、快楽漬けにされたいと懇願しているのだ。

（全身が穴になっちゃえばいいのに）

堕ちた人妻の願いは、まもなく実現した。ひっきりなしに貫かれる女肉の痺れは今や全身に及んでいた。身体中を硬い突起で抉られているような空前絶後の感覚に、玲香はわけもわからず絶叫した。

「身体中がオマ×コおおッ」

玲香は、もはや臆することなく卑猥な言葉を連発した。悲惨な光景が、隠しカメラで盗撮され、夫のスマホに転送されていることも知らずに、裸身をくねらせる。次から次へとアクメに追い上げられて、玲香の表情には、もう知性の欠片もない。眉間に刻まれた皺は官能を示し、達するたびにヒクヒクと動く小鼻の膨らみが、いっそう玲香を妖しくさせる。

「奥さん、そろそろ出すぞッ。もちろん中出しだ」

「ああ……ちょうだいッ……玲香、オマ×コの中に、いっぱい注がれたいのおッ」

美貌の人妻に膣内射精をねだられて、男の興奮は最高潮に達した。ドッグスタイルになった玲香の尻を鷲掴みして、こねくり回しつつ腰を振る。さらに汗まみれになった尻丘の間から飛び出たディルドと肉棒を同時にピストンした。二つの穴からブクブクとメレンゲが溢れる。ドロドロの尻を空いた片手で掴むと、男の手の中で尻肉が悩まし気に痙攣した。

「た、たまらないぜっ」

「あきいッ……れいがッ……イグうッ……おあああッ」

「おおおッ」

雄叫びとともに男の肉棒が弾けた。大量の熱液を浴びた子宮がジンジンと痺れ、玲香は絶頂の坩堝へと堕ちていく。白目を剝いた玲香は、惨美なほどに全身を震わせて、昇りつめた。

「ひーーーッ」

「す、すげえ……」

壊れたマリオネットのように四肢を痙攣させる人妻の惨美な姿に、男は思わず呻いた。これで五万は、あまりにも安い。得した買い物に、男の口元が綻ぶ。

「まだまだ時間はある。金玉が空になるまで犯るぞ、奥さん」

「ああ……あひッ……んああッ……」

肉棒を引き抜くと同時に、玲香の喘ぎ声と精液が漏れる。男があぐらをかくと、玲香は忠実なペットのように美貌を股間に埋《うず》めた。バサバサと髪を振り乱して、精液と蜜液にまみれた肉棒を口腔の奥まで捻り込む。玲香の喉が妖しく波打ち、んんッ、と突き抜けるような甘声が車内に響いた。

「んぐッ……うむうッ……」

染み一つない玲香の背中が、烈しく痙攣した。喉イキしたのだ。人妻の粘膜という粘膜がただれ、いともたやすく絶頂してしまうのだ。

「咥えたチ×ポで極めるなんて、ド変態だな、奥さん」

「ああんッ……だ、だってえッ……」

（オチ×ポ、おいしいんだものッ）

肉棒だけでは満足できず、玲香は陰嚢を唇に含み、吸い上げた。袋の中の欲望の飴玉を舌で転がし、濃厚な雄の味を満喫する。この中に幾千、いや幾万匹の精子が貯蔵されていると考えただけで、玲香の媚肉はジクジクと濡れてしまうのだ。

「まだまだ満足してないらしいな、奥さん。えへへ」

男は腰を浮かせて尻の穴を玲香に見せつけた。玲香は躊躇いもなく男の肛門に舌を伸ばし、チュッチュッとキスの弾丸を浴びせていく。

「んッ！　んッ！　んッ！」

「アナルキスまでしてくれるなんて、いよいよほんものの変態だぜ」

こらえきれなくなった男は、抱えた玲香の腰を自らの股間に埋めた。向かい合ったまま結合した二人は、どちからともなく唇を吸いつつ、猛然と腰を振り乱す。はああと熱い息を吹きかけ合い、汗と汁にまみれた身体をヌルンッヌルンッと密着し合う。

（ああッ……たまらないわッ）

名前も知らない中年男の胸板で、乳房を潰されるのすら気持ちいい。ギシギシと車を揺らして、獣のように交わる男女の吐息と体臭で、車内は異様な熱気に満ちていく。

「んあッ……出るッ……出ちゃうッ……はあああッ」

玲香の股間からバシャバシャと黄金色の液体が溢れた。失禁したのだ。

「お漏らしセックスかい、奥さん。いいぞ、変態ここに極まれり、だ」

尿を噴き出しているのに、玲香の腰は止まらない。アンモニア臭が立ち込めるなか、玲香は狂ったように身体をくねらせ、肉棒で膣を抉らせる。

「たまらないぜ、奥さん」

「イクうッ！　玲香、また、イッちゃううッ」

知性を放棄したアヘ顔を晒して、仰け反った玲香は絶頂した。ドクドクと注がれる精液の熱に脳までが溶けて、意識も感覚も身体も、いやらしい穴になった気がした。

二時間後、汗と汁にまみれた顔をハンカチで拭きながら、男が車から出てきた。

「ふふ、いい女が相手だから五発もやってしまったよ」

「そうでしょう。これからもお願いしますよ」

「うん、仲間たちにもすすめておくよ。しかし、あんなにスケベな人妻を他の奴らに知られるのはもったいないなあ」

「違う女もご用意できますから」

亮が言っているのは、もちろん留美のことだ。とことんまで稼がせようという亮の残酷さに、大崎がニンマリと頷いた。

「そうかい。そりゃ、愉しみだ」

いかにもご満悦といった顔で、男は帰っていった。

「あッ……あぁッ……」

亮と大崎が車の中を覗くと、ムンッと漂う異臭のなか、仰向けになった玲香の腰が跳ねていた。ぱっくりと開いた割れ目からは精液がブシュッと撒き散らされ、尿の溜まりに垂れて溶けていく。

「こりゃ、ほんとうに変態マゾだな。しかし、いい女を紹介してくれたもんだ。俺はこれもんがバックについてるんでね。何か問題が起きたら、いつでも言ってくれ」

「ありがとうございます。もう一人の女は確実にご紹介できますよ。ふふ、教師なんですがね」

「ほう、頼もしいな。上の者に伝えておくよ」

「ふふ、初売春記念に記念撮影をしてやるよ」

あさましいアへ顔が、何度も何度も撮影され、その画像が倉持に送信されていた。

第五章　深夜の体育館での輪姦地獄

「さて、みなさんもご存じのように、明日は仁科先生の結婚式です。出席される先生方はくれぐれも遅刻しないように。式のあと、仁科先生はそのまま新婚旅行に行き、一カ月ほど休暇をお取りになります」

教師たちは、拍手をして祝福した。だが留美の笑顔はぎこちない。目の前で婚約者をレイプされた孝明は、それ以来、人が変わってしまった。かつての優しさは失われ、夜の営みでは鬱憤《うつぷん》を晴らすように留美に挑みかかってくるようになった。孝明の実家は名家で、今さら婚約を破棄することなどできないのだ。倉持は心身の不調を理由に長期休暇に入っている。かわりに留美が、亮のクラスの担任となった。倉持の妻、玲香とは一度も顔を合わせたことはないが、亮によって凄惨な目にあったことだけは知っている。

（ああ……何もかもが滅茶苦茶だわ……）

「では、仁科先生。また一カ月後に」

すぐに産休に入るんじゃないんですか、と男性教員がからかった。セクハラ発言もいいところだが、祝福ムードがそれを和らげ、留美は苦笑いで答えた。妊娠。その恐怖は常にあった。

（せめて……せめて、孝明さんの子供だけは、妊娠するのよ、留美）

それが、孝明への精一杯の詫びだ。ホームルームに行こうした留美のスマホが鳴動した。おぞましい予感に、留美の背筋に寒気が走る。亮からのメールだった。

今夜、九時。体育館。

留美は、がっくりとうなだれた。

いじめグループのリーダー須田《すだ》は、これまでとは違う亮の雰囲気に気圧《けお》されていた。正面から凝視してくる亮の全身からは、威圧感のようなものが放たれている。思わず須田が目を反らすほどの鋭い目つきだ。

（何だ……？　こいつ、いったい、どうしたんだ？）

いつものように体育館の裏に亮を呼び出した。普段なら最初から怯《おび》えて卑屈になる亮が、今日はポケットに手を突っ込んで悠然とあらわれた。

「てめえ、ずいぶんと舐めた態度じゃないか。いじめられすぎて、頭がおかしくなったのか」

「別に。君の頭よりどう考えても正常だと思うがな」

「何だとッ」

須田を取り巻く生徒たちも亮の不気味さに、何となく動けないでいた。いつもの女子たちも、亮の放つ雰囲気に圧倒されて、騒ぐこともできない。

「俺の怖さは、身体に覚えさせなきゃ、わからないようだな」

「ふふ、そういう台詞は、男じゃなくて、女に言ってやるんだな」

「てめえッ」

怒りで顔を真っ赤にした須田が、亮に拳を突き出したそのとき、スマホの着信音が鳴った。須田の携帯だ。舌打ちした須田が電話に出ると、その態度が一変した。

「あッ！　お疲れ様ですッ……は、はいッ……えッ……？」

みるみるうちに須田の顔から血の気が引いた。亮を見る目が、驚嘆と怯えの色に変わっていく。

「わかりました……すいません……は、はいッ……あざッす……」

電話を切った須田の手が震えている。仲間たちは、いったい何が起きたのかわからず、ただ狼狽《うろた》えるばかり。

「てめえ、大崎さんと、どういう関係だッ」

「ちょっと知り合いでね。それがどうかしたか?」

大崎の直属の兄貴分である加納《かのう》からの電話だった。加納はこのあたり一帯を仕切る極道の若頭だ。須田は加納の息のかかった不良集団のパシリ程度の身分だった。その自分に、加納から直々《じきじき》に電話が来た。亮に手を出すな、という指示だった。山根とは兄弟分である大崎から、自分の名前が出た、という。つまらねえいじめで小銭を稼ぐなんて馬鹿な真似してるんじゃねえよ。ちょっとは、その亮という小僧を見習え。淡々と言う加納は、残酷で名を馳せる極道だ。約束や指示を無視した者は、ことごとく無惨な目にあうと怖れられていた。

「てめえ、いったい何をしやがったッ」

「そんなことお前に言う必要ないだろ。それとも、僕の身体に聞いてみるか?」

「……」

「僕も忙しいんでね。もう用はなさそうだから、行くぞ」

去っていく亮の背中から、言葉にできない剣呑《けんのん》なオーラが漂っている。女たちは、どちらが格上の牡かを本能的に察知し、すでに須田を見る目に軽侮が混じっていた。

「……ちくしょうッ」

須田は苛立ちにまかせて、仲間の一人を殴りつけた。


職員室に残っているのは、留美だけだった。明日の結婚式に備え、早く帰って準備をしたかったが、そういうわけにはいかない。留美は時計を見て、ため息をついた。間もなく九時になる。憂鬱な気分のまま、体育館の扉を開けると、月明かりの中にぼんやりと人の姿が浮かんでいた。

「やあ、先生。明日は結婚式だってのに、よく来たな。しばらく放っておいたから、そろそろ僕のチ×ポが恋しくなったってことだろ」

「ち、違いますッ……」

「まあ、いい。こっちに来いよ」

亮は体育館の隅にある倉庫の中へと留美を連れていった。逃げれば、いやらしい動画を拡散される。留美には、どうしようもなかった。部屋に入ると、所狭しと運動器具が置かれていた。運動部に力を入れているからか、跳び箱やマットの他にも鉄棒や平均台など専門的な器具がたくさんある。それらにまぎれて、わずかに動く人影があった。

「そうそう。今日は、もう一人ゲストがいるんだ」

亮が電気をつけると、留美は、ああッ、と驚愕の悲鳴をあげた。全裸の女性が、新体操用の吊り輪ごと縄で両手を縛られていた。猿轡をされ、何枚もの重ねられたマットの上に立たされた女が、くぐもった声で呻《うめ》いている。股間の前後からは、目を見張るほど巨大なディルドが飛び出していた。ゴムのように伸びた膣と肛門が、ギチギチとディルドを圧迫していた。

「れ、玲香さん……？」

留美は、はっとした。以前、倉持が自慢気に妻の写真を見せてきたことがある。その人こそが、今、目の前にいる全裸の女性なのだ。写真の中の玲香は、いかにもプライドが高そうな美人だった。その玲香が、無様に前後の穴をディルドで抉《えぐ》られ、悩まし気に腰をくねらせていた。

（ああ……なんてこと……）

「倉持先生の奥さんは、今じゃすっかり立派になってね。毎日、客を取る高級人気ガールなんだ。亭主よりも、ぜんぜん稼ぎがいいぞ」

「ぐむうッ……」

「ほれ、奥さんのマ×コがどんなにいやらしいか、見せてやれよ」

背後から太腿を持ち上げられた玲香の割れ目が、留美の眼前に晒された。深々と突き刺さった双頭のディルドに媚肉が絡まり、ヒクヒクと震えている。

（なんて、いやらしいッ……）

卑猥にうねる女肉を見ただけで、玲香がどれほど凄惨に嬲られつづけてきたかがわかる。一朝一夕では、とても達しえないただれたうえに熟成した媚肉だ。何度も何度も男根に貫かれ、淫らに錬磨された女肉からは、抑えきれない牝臭がプンプンと醸し出されている。

「上司の奥さんだけ裸にさせておくつもりか、先生も脱げよ」

「こ、こんなところで……」

「今さら、恥ずかしがってどうするんだ。さっさと素っ裸になるんだよ」

ぴしゃりと命じられては、留美は抗うこともできない。留美はシャツのボタンを外し、スカートを脱いだ。何度も校内で衣服を脱がされて、その仕種がスムーズになるのが、留美には哀しかった。ブラジャーとパンティを脱ぐと、一糸まとわぬ女教師と人妻が向かい合う。

「美人教師と美人人妻のダブル全裸か。なかなか、そそる光景だな」

二つの豊乳が、競い合うように張り出していた。高温多湿の倉庫の中で、じっとりと汗が滲む乳房が、妖しく濡れ光る。二人の勝ち気な性格を反映した乳首が、そろって上向いているのも、たまらなく卑猥だ。

「ふふ、高慢ちきな乳首同士が揉み合うところを見せてもらうおうか」

亮は玲香の猿轡《さるぐつわ》を緩めると、留美に向けて顎をしゃくった。

「ああッ……もう、ゆるしてッ……仁科先生よね……やめてくださいッ……お願いッ」

「先生。奥さんは初心《うぶ》だから照れているんだ。リードしてやれ」

(ごめんなさい、玲香さん……)

命令されれば、従うしかなかった。マットに上がった留美は、上半身をいやらしくくねらせて、玲香の乳首に自分の乳首を擦り合わせた。凝り固まった玲香の乳首が、今にも破裂しそうなほどに張り詰める。

「仁科先生、ひどいいッ……教師なのにいいッ」

「んはあッ……玲香さんッ……ゆるしてえッ」

マッチ棒の先端のような乳首が触れ合うと、たちまちに快淫の火花が散った。二人の顎が上がり、ますます突き出された乳首が、揉み潰し合う。

「あひぃッ……乳首、だめなのにぃッ……」

「ああッ……玲香さんの乳首、ピンッってしてるうッ」

わずかに乳首が触れ合うだけで、欲望のドアをこじ開けられた。犯される日々を体験したことで、留美の身体は、いつでもどこでもセックスを求める身体に変貌させられてしまったのだ。生意気そうに尖った乳首が、擦れ、揉み合い、快楽の炎を揺らめかす。ひいひいと悶え、美貌を反らせる女教師と人妻の喉が、妖しく脈打つ。

「いやらしい乳首は、いやらしい味がするんだろうな」

こんもりと膨らんだ乳房と乳房の間に、亮の顔が潜り込んだ。伸びた舌先が、揉み潰し合う乳首を容赦なくとらえ、舐め回す。またたく間に唾液まみれになった乳首は、ますます卑猥にぬるつき、ヌルンッヌルンッと揉み合いへし合いを繰り返す。

「んはああッ」

「あああんッ」

右を向いても左を向いても柔肉に包囲される極楽に、亮の口元が綻《ほころ》ぶ。ましてやそれが、美人人妻と美人教師の豊乳なのだから、征服感と優越感は生半可ではない。胸元から漂う牝の濃厚な体臭を肺に満たすと、亮の嗜虐心にますます火がついた。乳肉ごと二つの乳首を唇で挟むと、これでもかとプレスする。

「ひーーーッ」

そろって悲鳴をあげた二人の美貌がガクンッと仰け反った。初めて顔を合わせた者同士が全裸を見せ合い、乳首を擦りつけ合う異様さが身体を鋭敏にするのか、信じられないほどの快感がほとばしる。

「そんなに乳首がいいんなら、もっとよくしてやるよ」

バッグの中から妖しげな道具を出した亮は、ニンマリと笑った。電動式の搾乳機だ。

「感じやすいように、媚薬も塗ってやるからな。まずは、奥さんからだ」

いかにも妖しげな小瓶の蓋を開けた亮が、凶悪の笑みを浮かべた。

「そんなッ……やめてくださいッ……もう、十分でしょッ」

「これくらいじゃ、満足できないってことくらいわかってるぞ。奥さんの身体はちょっとやそっとの刺激じゃ満ち足りないんだよ。そりゃ、そうだ。毎日毎日、変態親父たちに嬲られてるんだもんなあ。この間なんて、八百屋の親父のチ×ポをしゃぶりながら、マ×コに人参を突っ込まれてたよな」

「そんなこと、言わないでえッ……あああッ」

液状の媚薬を垂らされた乳首から、いかがわしい成分が浸透していくのがわかる。不吉な欲動が乳腺からジワジワと押し寄せると、玲香の全身がカアッと熱くなり、その熱が次第にこらえきれない疼きに変わっていく。

「うあぁッ……ひどいッ……ひどいぃッ」

「ビンビンになった乳首に搾乳機。鬼に金棒ってやつだぜ」

左右の乳首にお椀型のプラスチックを装着された玲香の顔が、おののきに歪む。人妻の怯えた表情を愉しみつつ、亮は搾乳機を稼働させた。ブウンッという稼働音とともに、玲香の乳房が紡錘《ぼうすい》形に吸い上げられる。

「あひいぃッ」

絶叫した玲香の上半身が海老反りに反り返る。喉が引きつり、鎖骨の下の膨らみが、ますます前方に張り出された。

「ひぎぃッ……んあぁッ……ひゃあぁんッ」

絞られる乳首から津波のような快感が押し寄せて、玲香はひっきりなしに悶えた。媚薬の効果なのか、まるで乳首が陰核亀頭になってしまったかのような凄絶な快楽に、玲香の裸身がギリギリとしなる。

「ひいぃッ……これ、だめぇえッ」

（クリが、いっぱいいいぃッ）

ドバドバと迫る官能に、玲香の頭はおかしくなってしまいそうだ。ケースの中の乳首は痛ましく潰れているのに、注がれる快感は信じられないほど極上だ。乳首と膣は連動しているのか、玲香の割れ目は恥じらいもなくディルドを食いしばり、溢れた蜜液がポタポタと滴り落ちる。

「下の口が、たまらないみたいだな。どれどれ、まずは尻をよくしてやる」

亮は、玲香の肛門を貫くディルドを遠隔操作した。プロペラのように回転しはじめた突起に媚肉を掻き回されると、突き出した玲香の腰が、ブルッブルッと引きつるように痙攣する。

「ひーーーッ」

「さて、マ×コのほうは、先生に気持ちよくしてもらおうか。ディルドを咥えて出し挿れしてやれ」

「そ、そんなッ……無理ですッ」

「いいから、さっさとやれ。披露宴に乗り込んで、先生のいやらしい動画を流してやってもいいんだぜ。それはそれで、盛り上がるだろうからな」

無情な脅迫に、玲香は屈するしかない。消え入るような声で、やります、と答えると、それを聞いていた玲香が、号泣して訴える。

「ひいッ……や、やめでえッ……にじなぜんせいッ……ぞんなことは、やめでえッ」

「玲香さん……ごめんなさいッ……」

「きひいッ」

ディルドを咥えた留美の美貌が、烈しく前後した。美人の股間で美人の顔が忙《せわ》しなく揺れる光景は、常軌を逸するほど淫靡だ。蜜液が飛沫き、顔面を汚しても、留美の顔面抽送は止まらない。乳首、膣、肛門の地獄の三点責めに玲香は為《な》す術《すべ》もなく翻弄され、絶頂に追いやられていく。

「やめでえッ……んああッ……れいがッ……イグッ……こんなのでえッ……ぐやじいッ」

長い両脚は無様に開かれ、腰だけがはしゃぐように前後していた。リンボーダンスを踊るようなその姿は、どこまでもはしたない。搾乳機ごと乳房を揺らし、ひいひいと仰け反っては下半身を痙攣させる。

「イグうッ」

白目を剝きつつ、玲香は絶頂した。頭と腰が競い合うように震え、上下の口からブクブクと泡を噴く。天を仰いだ美貌は蕩けきり、ほとんど放心状態といった有様だ。

「盛大にイッたな、奥さん。結婚前夜の花嫁をいやらしい汁で送り出すってわけか」

「ああんッ」

真っ赤にただれた割れ目からディルドを抜き取られて、玲香が切ない声をあげた。乳首から浸透した媚薬は、今や血管を巡って全身を快楽器官に変えていた。穴という穴を今すぐ塞いでもらわなければ、気が狂ってしまいそうなのだ。

「ぬ、抜かないでぇッ……アソコが切ないのおおッ……」

充血した媚肉を指で擦ろうと、固定された両腕をガチャガチャと揺らす。それが叶わぬとみて、蜜液で濡れ光る太腿を擦り、腰をクネクネとよじった。

「ふふ、慌てるなよ、奥さん。先に結婚前のランデブーを愉しませてやらなくちゃな、先生にね」

「ひいッ」

全裸になった亮に迫られて、留美はあとずさった。あまりの恐怖と絶望に留美はその場にへたり込み、自分を破滅に追いやった巨大な男根を見上げた。

「ああ……」

憎むべきおぞましい男根なのに、牝の本能が精液をせがむのか、子宮がジンジンと痺れる。筆舌に尽くしがたいほどの、女のはしたなさ。柔肉がふっくらと蕩け、奥から溢れる蜜液が床を汚した。憎いのに、嫌なのに、身体が亮を受け入れようとするのを、留美にはどうしようもなかった。あまりの惨めさにすすり泣く留美を見下ろして、亮は心の中で勝ちどきをあげた。

「ふふ、肉人形にしてやるよ、先生」

悠然と迫った亮は、留美の髪を摑《つか》んだ。肉棒で口を塞ぎ、ズンズンと腰を振る。亮のジャングルに留美の高い鼻先が埋まり、恥丘に顔面を打たれた。最初こそ、その屈辱に頭の中が真っ白になったものだが、今では脳が痺れ、息苦しさも陶酔的に感じられる。とことんまで、牝になってしまった。

「ぐむむッ……あむうッ」

「へへ、先生はイラマチオが大好きだもんな。知ってるんだぜ。喉の奥まで気持ちいいんだろ」

（ううッ……悔しいッ）

だが留美に、反論の余地はなかった。繰り返されたイラマチオによって、留美の喉粘膜は、性感帯に変えられていた。喉を塞ぐ亀頭をギュンッと締めつけるたび、身体の芯が燃え、股間から噴火のような肉悦が這い上がってくる。

「んぐううッ」

（私……変態だわッ）

観念した留美の喉が痙攣した。絶頂したのだ。喉粘膜が蕩けているのに、腰までがガクガクと震えてしまう女の身体の神秘さが、もはや嬉しくさえある。

「しゃぶるだけでイケるようになったんだな、先生。変態マゾとして素晴らしい成長ぶりだ。奥さんに、変態ぶりを見せつけてやりなよ」

「ああ……」

肉棒を突きつけられて、留美は呻いた。太く長大な男根を見る留美の眼差しは、聖職者のそれではない。色に染められ、欲望に霞み、快楽を貪《むさぼ》り尽くそうとする淫乱さに満ちていた。亮に背を向けて、尻を振り、立ちバックでの結合をねだる。

「留美を、犯《ヤ》ってください」

女教師は、ついに屈服した。

(私に残されたのは、このオチ×チンだけ)

長く美しい指で、自らの尻肉を左右に掻き分け、牝の秘所をさらけ出す。貫かれるのを待ちわびているように、留美のふやけた媚肉が欲望の赴《おもむ》くままに蠢《うごめ》いていた。

「先生にせがまれたら、生徒としては断れないぜ」

亮の亀頭が留美の肉壺をなぞると、まるで底なし沼のように肉茎を呑み込み、根元までがたちまちに埋もれていく。

「ひーーーッ」

（ああぁッ……留美、これが欲しかったのおッ）

背後からズンズンと打ち込まれて、留美は歓喜に打ち震えた。内臓ごと掻き回されるような猛烈なセックス。婚約者との営みでは、とうてい達しえない深い悦び。肉が肉を貪るだけの、とことんまで下品な結合がしたかったのだ。

「留美、たまらないいッ」

品性をかなぐり捨てて、留美は悶え狂った。自ら腰を揺すり、硬い亀頭を子宮に衝突させる。ガツンッガツンッと滅多打ちされる子宮は、官能で泣き狂い、宿主を無限の快感世界へと連れ去っていく。

「ひゃあああッ……これ、すごいいッ……舞浜君、素敵いいッ」

「先生は、奴隷なんだ。亮さま、だろ」

「ああッ……亮さまのオチ×ポ、よすぎるううッ」

艶やかな尻肌が弾け、太腿が筋張る。噴き出した汗と蜜液が玉となって垂れ、打たれるたびに飛び散っていくのが、異様なほど淫らだ。背後から揉まれる乳房が無様に変形するのも、留美には悦びでしかない。

「あーーーッ！　ヘンンッ……留美のアソコ、切ないいいッ」

「へへ、さっきのお返しに、奥さんに噴き出してやれ」

「イグぅッ」

極めた瞬間、亮は留美の片足を持ち上げた。長い両脚の中心から、散弾銃のごとき蜜液がほとばしり、玲香の顔面を濡らし尽くす。足の指が妖しく蠢き、真っ白な腹がブルルッと波打つ。雄のミルクで満たされたいと欲望する玲香の媚肉は、まさしく搾乳機のごときあさましさで、ギュンギュンと肉棒を搾った。

「んはああッ」

「結婚前夜に他の男の精液を注がれてイクなんて教師失格、いや人間失格だな」

(それでも、いいわ)

教師ではなくてもいい。人間すらやめてもいい。ただ牝になりたい。女教師は、そう思い極めた。ドクドクと精液を注がれると、留美の卑猥な夢は成就した。

「んはああッ……留美、いっぱい出されてるぅッ」

(孕《はら》ませられるだけの牝)

全身が子宮になったような感覚に留美の美貌は見るも無惨に蕩け、完全なるアヘ顔を晒す。知性も理性も剝奪された牝の表情を目の前で見せつけられて、玲香が我慢できないというように絶叫した。

「ああんッ！　仁科先生だけ、ずるいいッ！　んはああッ」

自動で動く搾乳機は、まだまだ乳首を圧迫しつづけていて、間歇《かんけつ》的に玲香をアクメさせていた。それでも玲香の欲望の焔《ほのお》は弱まることがない。むしろ、他人の悦びの汁を浴びて、嫉妬の炎がメラメラと燃え盛る。

「大の大人がだだをこねるなよ、奥さん。倉持先生が泣くぞ」

留美から引き抜いた汁まみれの肉棒で、亮は玲香の太腿を小突いた。それだけで玲香の美貌は恍惚に歪み、はあはあと火の息を吐く。

「は、早くッ……してッ……玲香、我慢できないのッ」

「犯ってもいいけど、奥さんも僕の肉奴隷になるってことだよな」

「なるからあッ……玲香は、亮さまの種付け奴隷ですうッ……」

「ひひ、どスケベな人妻は、肉便器にしてやる」

吊り輪から外した玲香の身体を、亮は手早く麻縄で縛った。二の腕と太腿を緊縛して固定すると、まさしく便座のごときUの字を裸身が描く。折りたたまれた手足の間では、玲香の美貌が肉欲で蕩けきっていた。

「ほれ、奥さん。玲香便器を使ってください、と言うんだ。動画を撮って倉持先生に送ってやるよ」

「ああッ……どうか、玲香便器にオチ×ポをいっぱい、突っ込んでくださいッ……亮さまのお好きなだけ出してくださいませッ」

「へへへ、自分の妻がこんなスケべな肉便器になったら、人生いやになるよな。ま、そこまで言うなら使ってやるか」

(嬉しいッ)

亮は、便座となった玲香をマットから下ろして、床の上に置いた。搾乳機を外された玲香の乳首は、貫かれる期待で張りつめたように尖っている。和式便器を跨ぐように玲香の顔に背を向けた亮の肉棒が、ただれた肉層をズブズブと貫いた。

「ひーーーッ」

「いちいち、うるさい便座だぜ」

「だってええッ！　気持ちいいッ」

「便座が気持ちよくなってどうするんだ」

嘲笑った亮は、猛然と腰を揺すった。肉襞を巻き込んだ肉茎が根元まで突き刺さると、玲香の太腿が烈しく痙攣する。拘束でバウンドする陰嚢が肉芽を叩くたび快感が爆裂し、玲香の裸身がねずみ花火のように弾け飛ぶ。

「あーーーッ！　あーーーッ」

(犯されて、しあわせッ)

真っ白になった頭の中で、玲香は心底、そう思った。犯されるだけの牝便器。人間以下の存在。それが、むしろ嬉しい。浮き上がる亮の腰と自分の股間の間から汁まみれの肉棒が見える。願わくば、公衆便所に陳列され、一日中、汚らしい男根に貫かれていたい。

「便器になれて、たまらないいッ」

「ほんとうに色狂いになったな、奥さん。だが、上の口が暇そうだな。先生、ディルドで塞いでやれ」

異常な命令すら、留美はもう躊躇《ためら》いもなく受け入れた。緊縛された人妻が凄惨に犯される光景に、理性のたがが緩みきっているのだ。喘ぐ玲香の口に無理やりディルドをねじ込むと、留美ははあはあと息を切らして腰をくねった。

「挿れたくて仕方ないんだろう、先生。ふふ、我慢せずにディルドでよがっていいぞ」

「ああッ……留美、挿れたいいッ」

玲香の美貌を跨いだ留美の割れ目が、ディルドの先端にあてがわれる。ムチムチのヒップがジワジワと迫り、尻たぶと玲香の美貌が、烈《はげ》しく衝突した。

「あーーーッ」

「変態人妻便器で、いっしょにイクぞ、先生」

亮と留美はリズミカルに腰を揺すった。喉にも膣にも巨大なものを打ち込まれて、玲香の裸身がのたうつように弾ける。くぐもった悲鳴が、留美のヒップの下から漏れ響き、留美の喉からは甲高《かんだか》い嬌声がひっきりなしに吐き出される。

「んむうッ」

「ひーーーッ」

美人二人の艶めかしい声が、狭い倉庫に間断なく響く。カビ臭い空気も、今や濃厚で甘酸っぱい牝の体臭にかき消され、噎《む》せ返るほどだ。

「はひいッ……留美、出ちゃうッ……んああッ……玲香さんに、お漏らししちゃいそうッ」

「へへ、便器らしくしっかり受け止めろよ、奥さん」

ほれッ、と気合いを発した亮は、ドクドクと精液を注いだ。同時に、絶頂を極めた留美の股間から黄金色の液体が飛沫《しぶ》き、玲香の顔面に容赦なく浴びせかける。

「んあああッ！　留美、おしっこ、出ちゃったああッ」

「人妻の顔に小便をぶっかける女教師。下品の極地だぜ」

(玲香、イクッ)

精液と尿を受け止めつつ、玲香は絶頂した。緊縛された裸身に痙攣が走り、亮と玲香の身体を揺する。んぐッ、あぐッ、と低音の吠え声を発しつつ、烈しく長いアクメにその美貌が蕩けていく。

「あへええッ」

ディルドを吐き出すのと同時に、不明瞭な声を発した玲香の黒目が反転した。白目を剝き、ブクブクと泡を噴く玲香の顔は、下品としかいいようがない。おしっこまみれの顔と精液まみれの割れ目から、凄まじい異臭を漂わせる。

「ほんものの便器みたいな臭いがするぜ」

お漏らし絶頂した留美は、ぐったりと倒れ込み、玲香と折り重なっていた。汁まみれ尿まみれになった裸身が、ピンク色に火照る。裸身のいたるところが痙攣し、アクメの凄絶さをまざまざと物語っていた。

「さて、先生にも便器になってもらうか」

亮は、死んだようにぐったりとした留美を、玲香と同じように緊縛した。さらに留美の割れ目にも媚薬液をたっぷりと染み込ませる。

「ひいッ……な、なにいッ……？」

「奥さんと同じ薬を塗り込んでやったからな、先生。二人仲よく公衆肉便器になってもらおうか」

「ああッ……そんなッ」

乳首にも媚肉にも媚薬を塗り込まれて、留美は怯えた。いかがわしい成分が血管を流れて、次第に全身が痺れていくのがわかる。

「怖いッ……怖いいッ……」

「に、仁科先生ッ……」

留美の泣き声に、玲香がわずかに覚醒した。媚薬の効果が切れたのだ。使用した媚薬は、速効性は抜群だが、持続力が長く続かないのだ。

「心配するな。すぐに自分から腰を振るようになる。いや、便器なんだから腰を振ったらまずいよな」

ゲラゲラと笑った亮は、倉庫のドアを開けた。制服姿の男たちが、十人ほども入ってくると、留美の恐怖はいよいよピークに達した。金髪や長髪の男たちは、学校でも有数の不良たちだ。亮は裏で不良たちと話をつけて、玲香と留美を売った。不良の中には、ヤクザの舎弟もどきもいたので、大崎に話を通せば簡単なことだった。留美と玲香を一晩好きにしていい、という条件で、不良たちは大枚をはたいたのだ。

「おお……ほんとうに留美先生がいるぜ。しかも素っ裸とはな！」

「その美人は、倉持の嫁なんだろ。俺はあいつが大嫌いなんだよ。へへ、悪いが嫁で腹いせさせてもらうぜ」

「どれ、その前に、奥さんにもう一度、媚薬を使ってやるからな」

亮は、玲香の乳首にも割れ目にも、たっぷりと媚薬を垂らして塗り込んだ。

「いやあッ……それ、いやああッ」

「言い忘れていたけど、この媚薬は持続力がないんだ。だから犯されまくってる最中に正気に戻るぞ。だが、まあそのたびに薬を足してやるから心配するな。なにせ、みなさんは、朝までやる気マンマンだからな」

亮の言葉に、玲香と留美の顔から血の気が引いた。十人もの男の相手を朝までさせられたら気が狂ってしまう。ましてや恍惚と絶望の時を繰り返されたら、なおさらだ。Uの字になった身体を隣り合わせて、玲香と留美は恐怖で泣きじゃくる。だが、残酷な男たちは、悲痛な声さえ養分とし、海綿体を硬直させていく。

「いやあッ……助けてッ……あなたッ……助けてえッ」

「孝明さんッ……留美を助けてえッ……いやッ……こんなの、いやあッ」

玲香と留美は、狂ったように美貌を振り乱した。だが媚薬が急速に血液に溶けて、脳が蕩けたようになっていくのがわかる。怯えが次第に期待に変わり、さらに欲望になっていくのが、二人には怖ろしくて仕方がない。

「んああッ……こんなッ……ひどいッ」

「あううッ……殺してッ……いっそ、殺してえっ」

数分後、恐怖に歪んでいた二人の美貌は、すっかり色情狂の顔と化していた。割れ目からはツーツーと蜜液を漏らし、喉から下腹までの肌が、セックスを懇願するようにヒクついている。まだ男たちに触れられてもいないのに、表情筋は弛緩して、まるで事後のようにうっとりとしていた。

「こりゃ、すげえ……」

不良たちは、えげつないほど淫らな二人の表情に、思わず息を飲んだ。風俗、レイプと女には事欠かない不良たちだが、これほどいい女を見たことがなかった。

「あひいッ……んああッ……早くッ……オチ×ポ、ちょうだいッ」

「留美、切ないいッ……オマ×コ、何とかしてええッ」

下品な言葉を躊躇いもなく連呼し、男根をせがむ二人の美女に、不良たちは無我夢中だ。いっせいにベルトに手をかけ、ガチャガチャと外していく。その音が、留美と玲香には、まるで天上界に導く天使たちのラッパの音のように聞こえた。全裸になった男たちの逞しいものに包囲されると、二人の身体は悦びで薔薇色に染まる。

「はああッ……玲香を犯ってええッ」

「留美の穴、全部、塞いでええッ」

男たちは、飢えた獣のように、いっせいに美女たちを襲った。乳房を吸い、男根をしゃぶらせ、のしかかるように膣を犯す。

「んああッ……玲香、もうイクうッ！　すごいイクうッ」

「はあああッ！　留美も飛ぶうううッ」

背中を反らせた二人は、たちまちに絶頂した。だが男たちは、まだまだ射精しない。渾身の力を込めつつ、巧みな腰遣いで肉便器を責め嬲った。何人もの女を手籠《ご》めにしてきた男たちは、女の快感スポットを知り抜いているのだ。

「ひぎいッ……そこ、好きいいッ……あああッ……おかしくなるうッ」

「イッてるのにいッ……ひゃあんッ……当たってるううッ」

一流の狙撃手のように、男たちの肉棒は二人のGスポットを射抜いた。グラインドを織り交ぜて膣粘膜を掻き回し、留美と玲香を快淫の坩堝《るつぼ》に堕としていく。

「へへ、先生。奥までぶっ刺されてたまらないだろう。婚約者じゃ、こんないいとこ責めてくれないいんじゃないか」

「うああッ……孝明さんのオチ×ポより、素敵いいッ……あむうッ」

上下の口を塞がれたばかりか、乳房を肉棒で小突かれ、さらには頭部を肉茎で擦られていた。身体にまとわりつくような若々しい獣臭さえ、もはや留美には香水よりもかぐわしい。口内に居座る亀頭を飴玉のようにしゃぶり、濃厚な牡の臭いを鼻腔に満たす。

（ああ……留美、しあわせッ）

「一発目を出すぜッ！　ほれえッ」

留美を囲んだ男たちが、いっせいに白濁の弾丸を放った。口にも膣にも、大量の白濁を注がれて、留美は再び絶頂した。さらにバストにも美貌にも射精されて、留美の全身が白濁液でコーティングされる。

「ひひ、奥さんもあんなふうにしてやるからな」

「どうだ、奥さん。倉持よりも俺のチ×ポのほうが愛おしいだろう。どうせ、あいつは力まかせの単細胞なセックスしかしねえだろうからな」

「あああんッ！　主人なんてぜんぜん目じゃないわッ……こっちのオチ×ポのほうが、いっぱいアクメできるのおッ」

ガックンガックンと腰を震わせて、玲香は絶頂した。男たちはかわるがわるに留美と玲香を犯しに犯した。射精した肉棒が引き抜かれれば、また次の肉棒が膣を抉る。

一人が一回ずつ留美と玲香を犯すまで、それは続いた。肉便器となった二人は、悶え狂った。だが、媚薬の効果が薄れてくると、わずかに戻った意識が、凄惨すぎる膣口を認め、恐怖と屈辱に泣きじゃくる。

「あああッ……ひどいッ……こんなの、ひどすぎるううッ」

「けだものッ……けだものぉぉッ！」

精液まみれの口内、ゴポッと膣から溢れる大量の白濁、乳房も臍も陰毛も、身体中が精子まみれになっていた。乾いた精液は黄色く濁り、その上に放ちたての精液が湯気を漂わせてぬめり輝いている。幾層にもなった精液が、玲香と留美を絶望のどん底にたたき落とした。だが、号泣する二人の身体に、亮はまたしても媚薬を垂らす。

「ほうれ、また肉便器に戻りな。欲望に満ちた牝便器にな」

「それ、やめてえええッ」

「ひいいッ！　もう、ゆるしてッ……お願いいいッ」

美貌を歪ませて懇願したのも、束の間。悲痛な声は再び悦びにまみれ、拒絶した男根を、欲しい欲しいと訴える。拘束を解かれた留美と玲香は、一目散に男根にむしゃぶりつき、陰嚢にまで舌を這わせた。

「そんなに俺たちのチ×ポが美味いのか、二人とも」

「三度の飯より、チ×ポが好きってのは、このことだ」

不良たちにからかわれても、留美と玲香の耳には届かない。口ばかりか、左右の手に摑んだ男根を、乳房を揺らしつつ猛烈にしごく。

「ああッ……我慢できないいッ」

「は、早く、挿れてッ……早くッ……オチ×ポオオッ」

腹ばいになった二人は、頰を床に擦りつけ、高く掲げたヒップをくねった。灼熱の割れ目を両手の指先でくぱあッと拡げると、ただれた媚肉が妖しく蠢いている。ムンムンとフェロモンを放つヒップが、二つ並んで肉棒をねだる光景が、不良たちの欲望を再び燃え上がらせた。

「今夜は、孕むまで犯るからな」

「こんな色っぽい尻なら、子供の一人や二人、すぐに妊娠できるぜ」

男たちは、背後から猛烈に腰を揺すった。肉棒というバチで、尻という和太鼓を乱れ打ちし、パンッパンッといやらしい音を響かせる。身体の中心を火柱が貫き、内側から燃やされる感覚に、留美と玲香の双尻がビクビクと弾けた。

「ああんッ……あーーーッ」

甘い泣き声がユニゾンで響くと、男たちはゾクゾクとした征服感に打ち震えた。果実のようにぶら下がった乳房が、打ち込みに合わせてメトロームのように揺れ、拍子の速度は、どんどん速くなるばかりだ。

「ひッ！　ひッ！　ひッ！」

「あッ！　あッ！　あッ！」

打ち込み音に続いて細切《こま》れの喘ぎ声が響く。さらに媚肉と肉棒の粘膜音が重なると、それはあたかも淫らな祭り囃子《ばやし》のようだ。

ヌルンッ！　パンッ！　あんッ！

セックスの演奏とも言うべき淫靡な音が、一時間ほど絶え間なく鳴り響いていた。

覚醒と忘我を繰り返すたびに留美と玲香の人格が崩壊していく。いやあッと叫んでは媚薬を打たれ、たまらないッと訴えては、媚薬が切れる。蕩けた頭は次第に何も考えられなくなり、ついに留美と玲香は媚薬が切れても極楽にとどまったままになる。

「オヂ×ポッ……もっとちょうだいいッ」

「はめてえッ！　留美の全部の穴にはめてええッ」

十人の男たちの射精を受けた膣は、精液でなみなみと溢れていた。熱い粘液が膣内で波打つと、その感触だけで二人の裸身が弾け、絶頂に達してしまう。

「ひいいッ！　イキっぱなしいいッ」

「ずっと、イッてるうううッ」

汗まみれの四肢がてんでバラバラに痙攣する様は、壊れたマリオネットのようだ。白目を剝き、ブクブクと泡を噴いた二人は、凄絶な絶頂についに失神する。

「のびちまったようだな。さすがに十本のチ×ポを相手にすると、こうなるか」

「ひひ、二十回は絶頂しただろうからな。いや、もっとか」

不良たちは、汗だくになった額をタオルで拭きつつ、持ち寄った栄養ドリンクを一気に飲み干した。まだまだ犯る気マンマンなのだ。

「金玉が空になるまで、犯るからな」

「へへ、十人もいると、精子が二リットル分くらいあるんじゃねえか」

「どれ、みんなで勝負しねえか。二人を妊娠させたやつが勝ちだ。一人五万でどうだ」

下品な提案に男たちの欲望が再燃し。十本の男根が刀のように反り返る。

「時間もねえし、二本いっぺんにいくか」

無情の提案に、男たちの口元が緩み、一も二もなく賛成する。留美と玲香を背後から貫いた男たちは、太腿を持ち上げて逆駅弁の体位を取った。さらけ出された結合部では、女肉が心臓マッサージをするように肉棒を圧迫し、精液をねだっていた。その蠢きの中に、正面から迫った男たちの肉棒があてがわれた。

「ひッ……に、二本もおおおッ」

「オマ×コ、裂けちゃううッ」

媚肉と肉棒の間を強引にこじ開けて、亀頭が内側に潜り込む。きひいッ、と怪鳥のような悲鳴を発した直後、二本の肉棒がとぐろを巻いて子宮を打ち叩いた。

「ひーーーッ」

美貌を仰け反らせて、留美と玲香は絶叫した。前から後ろから男の胸板に圧迫されて、乳房は潰れ、背骨がギシギシと軋む。

「あぎいッ……挿れただけでえッ……イグうッ」

「すごいいッ！　これ、すごいいいッ」

拒むどころか、むしろ自ら腰を揺すってダブル男根を膣奥へと誘《いざな》う二人は、どこからどう見ても変態だ。密着した二つの亀頭が、巨大な笠となって膣壁をこそぐと、股間の内側で快感が爆裂した。さらに亀頭のワンツーパンチを食らった子宮が官能の業火に灼き尽くされ、二人の喉からひっきりなしに絶叫が響く。

「あひいいいッ」

身体が溶けていた。痺れて、よじれ、弾けていた。全身が性感帯になったような感覚に、留美と玲香は、泣き狂い、身体が軋《きし》むのもかまわず、自ら腰を振りたくる。

「ほれえッ！　二人分の精液を出されてぶっ飛べッ」

「あーーーッ」

尻肉も乳肉も男たちの身体に潰されて、二人は絶頂した。極上の官能を味わえた悦びに、両脚がピンッとしなり勝利のVサインを描く。筋張った太腿のつけ根から、嬉し涙とばかりに潮が噴き出し、男たちの足下を濡らし尽くした。同時に大量の精液を浴びた子宮は、異なる味わいの粘液を存分に味わいつつ、その僥倖《ぎょうこう》にギュンギュンと引き締まる。

「んはああッ……お腹が熱いいいッ」

「あああッ……こ、濃いいいッ」

「へへへ、これだけ出されたら、むしろ妊娠しないほうが不自然だぜ」

男たちは、入れ替わり立ち替わりに二本挿しで二人を犯した。膣道は閉じる間もなく、拡張されっぱなしだ。次から次へと肉棒を捻り込まれては、射精され、射精されては、肉棒で貫かれる。快感の永遠機関となった玲香と留美の裸身は、果てないアクメに堕とされていく。三日月形に細められた目は、まるで淫欲の象徴のように妖しく霞んでいた。

第六章　孕ませられる花嫁と人妻

日付が変わる頃になって、ようやく満足した男たちに見下ろされた留美と玲香は、大の字になり全身を痙攣させていた。隙間がないほど白濁にまみれた太腿が、ヒクヒクと震えている。精液をポマードがわりにした陰毛が奔放に逆立ち、どれだけ凄惨に犯され、射精され尽くしたかを残酷に物語っていた。

「へへ、純白のドレスを着る前に、身体中が真っ白になっちまったな、先生」

「今日で先生も他人の男のものか。ひひ、人妻になると味わいが増すから、また犯してやるよ。倉持の奥さんみたいにな」

空になった陰嚢を愉し気にいじりつつ、不良たちは去っていった。

「じゃあ、僕も帰るぞ。もちろん式には出席させてもらうからな。奥さんも出席するんだから、早く帰って支度しないと間に合わなくなるぜ」

式には同僚の教師や上司が出席するのは当然だが、脅迫されて玲香ばかりか亮までもが出席することになっていた。

「ま、その前に、ザーメンまみれの身体を何とかしないと、ここから出られないけどな」

倉庫を出ていった亮の高笑いが聞こえなくなっても、玲香と留美は立ち上がることもできない。呆けたように天井を見上げる目は、まだまだ空想の男根を求めて左右し、半開きの口からは、あ、あ、あ、と艶めかしい声が漏れる。ようやく正気を取り戻し、互いの姿を見た二人は、はっとした。

「玲香さん……」

「仁科先生……」

目の前の破廉恥極まりない白濁まみれの姿は、そっくりそのまま自分の姿なのだ。いったい、どれだけの男根に犯されれば、これほど惨めな姿になるのか。考えただけで、二人の胸は張り裂けそうだ。玲香と留美は、手を取り合い号泣した。

披露宴会場に到着した玲香の顔には、拭《ぬぐ》いきれない疲労の陰が差していた。目は窪み、頬がこけ、やつれてさえいる。だが、一晩中揉まれ尽くしたバストとヒップは、女性ホルモンが大量に分泌されたせいか、一回りほども大きくなり、シャツとスカートが肉々しいボリュームではち切れそうなのが皮肉だ。

(ああ……留美さん、大丈夫かしら)

本来、式に出席するはずだった夫は、情緒不安定でとてもそれどころではなかった。亮の指示で代理出席することになった玲香は、生徒代表として亮までもが式に出ると聞いて、気が気でない。夫の同僚や上司が大勢いるなか、またヘンなことをされでもしたら。

(とにかく無事に終わってほしいわ)

「これはこれは、倉持先生の奥さん。本日は、わざわざご足労願いまして、すみませんでしたねえ」

夫の上司で校長を務める矢部《やべ》が、声をかけてきた。

「あ……矢部校長。倉持が大変、ご迷惑をおかけしています」

「倉持先生のお加減はいかがですか。いや、私も上司として彼の心身の不調に気づけなかったことを悔やんでおります。大変、申し訳ない。まだ式まで少し時間がある。倉持先生のことも伺《うかが》いたいし、場所を変えてお話させていただけますかな」

「わかりました」

夫が少しでも職場復帰しやすいように、一度校長と話をしておいたほうがいいだろう。矢部のあとについて式場を出ると、別階にある個室に案内された。

「さあ、どうぞ」

部屋の奥に行くと、テーブルがあり、そこに人影があった。

「やあ、奥さん。あれだけセックスしたのに、よく足腰が立つもんだ。よほどセックスポテンシャルが高いんだな」

「ひッ」

思わず玲香は、悲鳴をあげた。そこに待っていたのは亮だった。

「舞浜君のことは、聞きましたよ。倉持先生は、いじめを受けていた彼を放置したばかりか、ずいぶんな暴言まで吐いていたらしいですねえ。困ったものだ。これでは、懲戒免職にせざるをえないですなあ」

「そ、そんなッ……」

懲戒免職になれば、退職金もなく、教師として復帰するのは絶望的だ。今、夫が職を失えば、夫婦ともども路頭に迷ってしまう。確かに夫に非はあるが、舞浜亮は、その罪をはるかに上回る非道さで自分を手籠めにしたのだ。

「ですが、校長。その子はッ……私を……」

「いいわけは、聞きたくありませんな。まあ、奥さんの態度次第では考えないこともありませんがね。どうやら最近、奥さんは売春まがいのことをしているそうですからな。これは、立派な犯罪ですよ」

玲香の身体を舐め回すように凝視する矢部の目は、明らかに欲望に満ちていた。口元に浮かぶ卑しい笑みは、とても教職に就く者とは思えない。

「奥さんも大人なら校長の言うことがわかるでしょ。ふふ、じゃあ、僕は部屋を出ますよ。では、校長。存分に愉しんでください。そのかわり、僕の身を保証してくださいよ」

「まかせておきなさい。不祥事の一件や二件は揉み潰してあげよう」

亮が部屋を出ると、矢部は教師としての威厳をかなぐり捨てて、背後から玲香を抱きしめた。ワンピース越しの豊乳とヒップを強引にまさぐり、うなじに鼻を当ててクンクンと人妻の芳香を吸い込む。

「ああッ……こんなことは、やめてくださいッ」

「たまらない匂いだぜ。奥さん、私はね。前に一度奥さんを見たときから、ずっとこの身体を味わいたいと思っていたんですよ」

玲香の首筋に舌を這わせつつ、矢部は股間をグリグリと玲香の双尻に押しつけた。すでに硬くなった剛直が、スカートの生地ごと尻の割れ目に食い込んでくる。

「ひぃッ……ああッ……こんなッ……そ、それでも教師ですかッ」

「教師の前に一人の人間、いや、牡だよ。奥さんだって、そうだろう。素っ裸になっちまえば、ただの牝だ。ひん剝いてやるから、おとなしくするんだ、奥さん。ドレスを引きちぎられたくなかったらな」

「ああ……」

矢部の指先が、うなじの下のファスナーをゆっくりと下ろした。玲香の染み一つない背中が、観念したように晒されていく。若々しい肌なのに、艶絶なオーラをムンムンと醸し出す玲香の身体に、矢部の目は釘づけだ。何度も舌舐めずりしつつ、矢部はワンピースをハイヒールから抜き取った。下着だけになった人妻の半裸に、矢部の鼻息は、どんどん荒くなる。

「えへへ、まさか奥さんのブラを外せる日が来るなんてな」

中腰になった矢部は、あえて玲香の正面からホックを外した。羞恥で火照る玲香の美貌を見上げつつ、カップをずらすのがたまらないのだ。ずり下がるカップから雪崩《なだれ》のように零れ落ちた真乳肉が矢部の顔を打ち、プルンッと跳ね上がる。

「ひひ、こりゃ、すごいッ……見事なでかパイだ。柔らかいのに弾力もすごい」

「あああッ……こんなッ……ひどいッ」

矢部の両手が、容赦なく玲香のバストをこねくり回した。太い指が乳肉に食い込み、無惨に揉み解されていくのを耐えるしかない運命が、憎らしい。さらに矢部のぶ厚い唇が、吸盤のように玲香の乳首に吸いついてきた。またたく間に唾液にまみれた乳肌が、照明に妖しく濡れ光る。

「んはああッ」

「乳首がいいんだな、奥さん。ひひ、気が強そうに見えて、しっかりスケベな乳首だ」

「ああッ……お願いッ……もう、ゆるしてくださいッ」

「今さらカマトトぶるんじゃないよ、奥さん。このスケベな穴で何本ものチ×ポを咥え込んだんだろうが」

矢部の指先がパンティの中に忍び込み、玲香の割れ目をまさぐった。犯されつづけた玲香の下半身は乳房を愛撫されて、交合の準備に余念がない。しっとりと濡れた媚肉は、いつでも男根を呑み込みます、と宣言しているようなものだった。哀しい女の性《さが》に、玲香の美貌が切なげに歪む。

(女になんて、生まれるんじゃなかった……)

「しっかり濡れてるじゃないか、奥さん。スケベな汁が溢れてるぞ」

Ｌ字型にした中指で、矢部は容赦なく玲香の肉壺を掻き回した。片足を持ち上げられた玲香の太腿が小刻みに痙攣する。卑猥な水音の音量が次第に大きくなる。聞くにたえないはしたなさだ。

「ひゃあッ……校長ッ……もうッ……それ以上は、だめですッ……ゆるしてッ」

「馬鹿なことを言うんじゃない。妻の身体では、もうとても満足できんからな。それに比べて奥さんの身体は敏感で最高だ。ふふ、もっとよくしてやる。ポルチオ責めでな」

「いやあッ……こんなところでイキたくないいッ」

「祝いの席なんだ。派手にイッて祝福してやれ、奥さん」

玲香の敏感スポットを的確に責めつつ、矢部の舌先が肉芽の包皮を剥き上げた。おぞましい舌が淫の実をくるみ、レロレロと絡んでくる。

「ひーーーッ」

稲妻のような快感が玲香の背骨を突き抜け、脳にまで達した。ゾクゾクとした官能に勝手に腰がくねり、舌を催促するようにパンッパンッと矢部の顔面を打つ。

「んあああッ……悔しいいッ」

「積極的な下半身だな、奥さん。私の舌と奥さんのクリトリスとの相性は抜群だ」

「ひッ……こんなッ……あぁッ……ひゃあんッ」

（熱いッ……アソコが、熱いいいッ）

グッチョグッチョと掻き回される肉層の奥から生温かい粘液が溢れ出す。そのぬるつきを利用して、矢部の指はいっそう烈しく玲香の媚肉をこねくり回した。

（そんなッ……玲香のいいとこばかりいいッ）

「はひッ……そこ、だめぇッ……んああッ……あーーーッ」

堰《せき》を切ったように玲香の股間から汁が噴き出した。矢部のたるんだ腹にバシャバシャと蜜液が降り注ぎ、陰毛までをもグッショリと濡らす。

「たいしたイキっぷりだ、奥さん。こんなスケべな身体じゃ、倉持ではとても満足させられないだろう。あの単細胞のことだ。単調なセックスしかできないだろうからな」

夫をけなされても、玲香には擁護する余裕もない。身体に力が入らず、その場に崩れ落ちた玲香は、屈辱のアクメにただ呆然とするばかりだ。

「今度は、私のものを気持ちよくしてもらおうか」

服を脱ぎ捨て全裸になった矢部の男根は、すでに十分すぎるほど勃起していた。たるんだ腹とは打って変わって、海綿体を限界まで膨張させた肉棒は、したたかさに満ちている。矢部は、ぐったりとした玲香をソファにもたれかけさせると、その美貌を跨いだ。

「ひいッ」

「かわいらしい口だ。この口で、いったい何本のチ×ポを咥え込んだんだ?」

「やめてッ……あぁッ……いやッ……んむうッ」

矢部の肉棒が一気に玲香の喉を貫く。火柱が内側から口内粘膜を燃やし、異臭とともに妖しい官能が膨れ上がった。無理やり、しゃぶらされているのに、玲香の身体は逞しいものを歓迎し、その精液を搾ろうと喉までが収縮する。

(ああ……私の身体……だめになっちゃってるうッ)

「おおッ……こりゃ、すごいッ……ギュンギュン喉が食い締めてくるぜ。一流のソープ嬢でも、ここまでスケベじゃないぞ」

「んぐッ……あむむッ……レロレロ……チュパアッ」

いつしか玲香は、熱く硬い肉棒に自ら舌を絡ませていた。悩ましげに美貌をくねらせ、ノーハンドで肉棒をしゃぶる人妻の姿は、あまりにもいやらしい。骨の髄まで暗い情欲に浸らされつづけた玲香の身体は、もう以前とは次元が違った。肉棒と見れば、媚肉を湿らせ、穴を差し出す自動式肉便器に成り果てていた。

（もう……私に残されたのは、オチ×ポだけッ）

花びらのような可憐な唇が、浮き出た血管を猛烈にしごく光景に、矢部の顔が恍惚にまみれていく。人妻の清潔な口腔を不衛生な自分の男根で汚していく背徳が、矢部に得も言われぬ快感を与えていた。

「おお……あの奥さんが、私のチ×ポをこんなスケベな顔して咥えるなんてッ」

興奮した矢部は、獣のように腰を揺すった。烈しく打ち込まれる肉棒に合わせて、玲香の美貌も狂おしく揺れる。まるで男根と唇が、狂騒的なダンスをしているような猛烈な口唇愛撫だ。

「んんッ……チュパッチュパッ……うむッ……ジュポポッ」

「たまらないぞ。まさか奥さんが、これほど淫乱だとはな」

気を抜けば、今にも矢部は果ててしまいそうだった。だが、今、放ってしまうのは、あまりに惜しい。矢部は、何とか耐えた。そんな矢部の忍耐など知らぬとばかりに、玲香の舌は裏筋を這いつつ、今度は陰嚢を舐め上げはじめた。寄った皺を伸ばすように舌の腹でレロレロと舐め、さらに口に含んで飴玉のようにしゃぶる。

「おおッ……金玉まで舐めてくれるとはなッ」

「んッ！　んんんッ！　んふうッ！」

玲香の荒い鼻息が、矢部の男根に吹きかかる。そのたびに矢部の触覚はゾクゾクとした快感で射精しそうになる。陰嚢の肌がふやけるほどしゃぶり尽くすと、玲香の舌先は肛門にまで達した。

「あの奥さんが、アナルまで舐めてくれるなんて、夢のようだな」

極上の征服感に、矢部は天を仰いだ。臀部から玲香の唇がチュッチュッと肛門を吸う音が漏れ、矢部の鼓膜までを昂らせる。

「チュパッ！　チュッ！　ジュルルッ！」

(ああ……おいしいわッ)

たるんだ尻の間に鼻先を突っ込んだ玲香は、つくづく自分が牝犬に成り下がったことを悟った。間もなく還暦を迎えようという男の汚らしい肛門を美味と感じ、恍惚の表情で舐め、吸いつく。面上に君臨する逞しい男根を長くしなやかな指でしごきつつ、玲香は心底、思った。

(犯されてるときが、一番しあわせ)

「もう、我慢できんッ」

こらえきれなくなった矢部はソファに座ると、玲香の腕を引っ張った。矢部の股間を跨いだ玲香のただれた裂け目が、ゆっくりと下降し、屹立したものをジワジワと呑み込んでいく。

「んはああッ……校長のオチ×ポ、逞しいいッ」

「おおッ……こ、これが奥さんのマ×コの感触かッ……これがあッ」

蕩けるような媚肉が肉茎に絡みついていた。搾るように肉棒を食い締め、精液をねだる玲香の膣に、矢部は歓喜の咆哮《ほうこう》をあげる。

「おおおッ」

「んはああッ」

矢部の叫びに応じるように、玲香の腰が悩ましげにうねる。肉棒の上でムチムチのヒップが何度も跳ねては沈み、沈んでは跳ねまくる。そのたびに、スパアンッといやらしいセックス音が炸裂し、部屋そのものがガタガタと揺れる。

「どうだ、奥さん。私のチ×ポと奥さんのマ×コが蕩け合ってるぞ」

「ひゃあんッ……ああッ……いいッ……校長のオチ×ポ、たまらないいッ」

「もっとたまらなくしてやる」

矢部は自らも肉棒を突き上げ、玲香の子宮を滅多打ちにした。尻肉が震え、蜜液が飛び散る。反り返った玲香の背中は、噴き出した汗でヌルヌルだ。あッ、あッ、あッ、と美貌を振り乱すたび、背中に張りつく濡れ髪の量が増えていく。

「ひぃッ……は、烈《はげ》しいぃッ……玲香、壊れちゃううッ」

「壊されるほど突かれるのが好きなんだろう、奥さん」

「あーーーッ！　あーーーッ」

脳まで串刺しにされたかのような打ち込みに、玲香は絶叫した。前のめりに崩れ落ちた玲香は、その双腕を矢部の首に狂おしく巻きつける。豊乳を押しつけて矢部に乳首を吸わせる玲香の背中と腰が、同時にうねる様は、淫らとしか言いようがない。

「ああッ……校長ッ……このオチ×ポ、好きいぃッ」

「おおッ……奥さんッ」

玲香は矢部の唇を、きつく吸った。

「んふううッ……レロッレロッ……チュパアアッ」

舌まで絡ませる濃厚なキスを交わしつつも、玲香のヒップは止まらない。双尻だけを猛り狂ったようにクイクイと稼働させる妙技を、何人もの男に貫かれた玲香は、無意識のうちにも体得してしまったのだ。

（ああ……もっとッ……惨めに犯られたいわッ）

「こ、校長……腕と太腿を縛ってください……」

玲香は、脱ぎ捨てられたネクタイとベルトを示して、自《みずか》ら緊縛を懇願した。矢部を見上げる瞳は切なげに潤み、どれほど玲香が変態性を開発されたかを証明していた。

「ほんもののマゾだな、奥さん。縛られてセックスしたいなんて」

「そ、そうですッ……玲香は、いけない変態マゾ人妻ですッ」

恥辱の言葉を口にしているのに、玲香の全身はゾクゾクと総毛立つ。手足を縛られ、再び牝便器にさせられると、その妖しい期待はますます膨らんで抑えようがない。Uの字になった裸身が、犯される悦びで武者震いし、割れ目からは貝のように汁がピュッピュッと噴き出している。

「な、なんてスケベなマ×コだ……」

牝便器となった人妻に、矢部は思わず息を飲んだ。恥じらいもなく太腿が開かれ、陰毛から切れ込んだ真っ赤な裂け目は、まるで快楽の世界へと誘《いざな》う入り口のようだ。

矢部は、かねて用意しておいたスポーツバッグから電マとディルドを取り出して、ニンマリと笑った。スイッチを入れたバイブで肉芽を責めつつ、蜜壺をこれでもかとディルドで掻き回す。

「はひいいッ……んああッ……ひゃあんッ……それ、いいッ」

真っ白な下腹がうねり、太腿が筋張る。肉層がひっきりなしに蠢《うごめ》き、ただれた媚肉はアメーバのようにディルドに吸いついていた。その奥から漏れる水音はどんどんは烈しくなり、水位が上がったダムのように今にも決壊してしまいそうだ。

「ひいいッ……玲香、イキますッ」

絶頂と同時に、玲香の股間から淫液が噴出した。

「まるで人間ウォッシュレットだな、奥さん。利用者が出す前に、便器が出してどうするんだ」

「はひッ……ああッ……」

潮吹きの余韻で痙攣する腰を、矢部は両手で固定した。濡れ尽くした割れ目を巨大な亀頭でなぞられると、それだけで玲香は火の息を吐く。

「ああッ……い、今、挿れたら、だめえぇッ……玲香、おかしくなっちゃうッ」

「ひひ、便器なんだから、人格なんか必要ないだろ、奥さん。おかしくなってしまえばいいんだ」

「あッ……だめえッ……ひッ……ひーーーッ」

一気に根元まで貫かれて、玲香は絶叫した。潮吹きした直後の媚肉は鋭敏を極め、わずかに摩擦されただけで玲香の頭の中は、真っ白になる。覆い被さるように重なった矢部は玲香の美貌を両手で抱きしめ、猛烈に腰を揺すった。

「あきいッ……奥にきてるううッ」

「おおッ……奥さんッ……奥さんッ」

「んひッ……おおおッ……ひゃんッ……あーーーッ」

容赦なく子宮を打たれて、玲香は悶え狂った。喉が引きつり、見開かれた目は快感だけを見つめ、半開きの口からは、品性の欠片もない喘ぎ声を漏らす。

「たまらんッ！　たまらんぞッ」

「校長のセックス、すごいいッ……ああッ…好きいッ……このオチ×ポ、しゅきいいッ」

蜜壺から後退してきた肉棒は薔薇汁にまみれ、濃厚な酸鼻臭をプンプンと撒き散らす。視覚でも嗅覚でも、烈しく淫らなセックスを味わえることが、玲香にはこの上ない幸福だった。

（いっぱい突かれて、しあわせえッ）

貫かれることだけが、牝便器の用途なのだ。突かれれば突かれるほど、自分の存在意義と快感を味わえる。玲香の身も心も、肉便器へと堕ちていた。

「おおッ！　奥さんッ」

矢部は渾身の力で肉棒を打ち込んだ。玲香の恥丘の上で、矢部のたるんだ尻が、高速で上下する。Uの字になった玲香の裸身に痙攣が走る。すでに絶頂しているのだ。

だが矢部は跳ね上がる股間を肉槍で串刺しにして、奔放に弾けることをも許さない。

「イッてるうッ！　もう、イッてるのにいいッ」

次から次へと押し寄せる官能の爆風に、玲香はひとたまりもない。白目を剝き、よだれを垂らした玲香の美貌は、凄絶なアクメに蕩けきっていた。悦、としかいいようのないふしだらな表情だ。

「奥さんッ、出すぞッ！　便器マ×コにたっぷり出してやるッ」

「ああッ……出してッ……お便所マ×コに精子いっぱい出してえぇッ」

「そらッ」

ドクドクと精液を注がれて、玲香は絶叫した。業火のごときアクメが、完膚なきまで玲香の裸身を灼けただれさせていた。頭も身体も絶頂にまみれ、玲香はもう何も考えることができない。空っぽになった玲香の頭が求めるものは、太く硬い剛直と、熱い精液だけだ。

「あーーーッ！　もっと突いてえッ！　もっと出してえッ！」

「いくらでも突いてやるぞッ。奥さんが狂うまでな」

精液をねだる人妻は、もはやほんものの肉便器だ。逆流する白濁が結合部から溢れるのもかまわず、矢部は腰を揺すりつづけた。

控室で待機する留美は、鏡の中の自分を見つめて思わず呻《うめ》いた。純白のドレスを着ながらも、その身は惨めなほど汚れている。幸福の象徴であるのはずの結婚式なのに、留美の身も汚辱にまみれているのが、悪夢のようだ。

(私の人生、滅茶苦茶だわ……)

たった一本の男根に、すべてを狂わされた。しかも、その持ち主は、自分が担任するクラスの生徒なのだ。教え子に凌辱され、夫婦ともども脅迫される。そんな教師が、日本に存在するだろうか。

(いるはずがないわ)

なんという憐れな花嫁だ。鏡の中の留美には、もうかつての高慢さはない。男根によって勝ち気な性格も気丈な性質も根こそぎ取られて、残ったのは、ドロドロの官能を求める卑しいこの身体だけだ。

(なんて、破廉恥な花嫁なの)

暗い未来に留美がすすり泣いていると、ドアがノックされた。入ってきたのは、教頭の山根と後輩教師の日野《ひの》だった。二人の背後には亮がいる。

「仁科先生、本日はおめでとう、いや、お美しいですな」

「先輩、マジできれいですね！」

「ありがとうございます……」

亮が入ってきたので、何をされるのかと怯えた留美だが、山根と日野がいては何もできないだろう。頭髪が薄くすだれのようになった山根は、いたって真面目な教師だし、日野も留美が面倒をよく見ていた後輩だ。このまま式直前まで二人がいてくれればいい。留美は、少しだけ安堵した。

「しかし、こんなに美しい新婦が、まさか肉便器にされているなんてね」

「純白のドレスを着た花嫁と犯れるなんて、男のロマンですよ」

二人の台詞に、留美の唇がワナワナと震えた。山根と日野の口元に浮かぶ卑しい笑みは、これまで留美を犯してきた男たちと同じ残酷なうすら笑いだ。

（ま、まさかッ）

「お二人には、先生のほんとうの姿を教えてあげたよ。花嫁を孕ませられると聞いて、二人とも今日ははりきってるぞ」

「ふふ、今日のために一週間分も溜め込んできたよ、留美くん」

「教頭。俺なんて、十日分ですよ」

「そんなッ……もうすぐお式が始まるのにッ……無理よッ」

日野と山根は花嫁ににじり寄った。逃げるようにあとずさった留美を左右から挟み、伸ばした手で乳房を揉みし抱く。

「おおッ……これが仁科先輩のおっぱいかッ……でかいとは思っていたが、想像以上の揉み心地だ」

「ひッ……やめてくださいッ……こんなところでッ……いやッ……いやッ……」

「純情ぶるなよ、留美くん。何人ものチ×ポをこのでかパイでしごいたんだろうが」

ドレスをずらすと、真っ白な乳肉がプルンッとまろび出る。魅惑のバストに、鼻息も荒く山根と日野はむしゃぶりついた。

「ひいいッ……いやあッ……やめてくださいッ」

「揉んでよし、吸ってよしのおっぱいだぞ、留美くん。たまらないな」

「いやいや言って乳首はビンビンですよ、先輩。ショックだなあ。ほんとうに変態花嫁なんですね」

おぞましい舌に絡め取られる乳首は、惨めなほど勃起していた。唾液まみれにされて、ラグビーボールのように屹立する自分の蕾が、留美には呪わしい。

「花嫁ばかり脱がせてちゃ申し訳ないな」

「へへ、俺たちも脱がせてもらいましょうか」

全裸になった二人の男性教師は、しゃがませた留美の左右からにじり寄り肉棒を突き出した。

「ぼさっとするなよ、先生。スケベな牝なら、チ×ポを差し出されたらすぐにしごいてやらなきゃな」

「そんなの、無理ですッ」

「どうやら先生は、披露宴を猥雑動画ショーにしたいらしい」

「ああッ……それだけは、やめてッ」

留美は観念したようにウェディンググローブを着けたままの手で、二本の肉棒をしごいた。シュッシュッと衣擦《きぬ》れの音が控室に響き、留美はますます惨めな気持ちになる。両手の動きに合わせて揺れるティアラが、キラキラと眩しく光るのが、むしろ憐れだ。

「ひひ、チ×ポをしごくのが上手《うま》いじゃないか、留美くん」

「教師より風俗嬢のほうが向いているんじゃないんですか、先輩」

「ああ……」

グローブ越しにも男たちの触覚の熱が手のひらを灼いてくるのが、わかる。凌辱されつづけた留美の身体は、その熱に否応なしに反応した。男根の異臭さえ手のひらの汗腺が吸収し、全身を獣臭にまみれさせようとしているようだった。下腹がジンジンと疼き、子宮が精液をねだる。

(どうしてッ……こんなッ……私、どうしてぇッ？)

「チ×ポをしごいただけで感じているようだな、先生。表情でわかるぞ。もちろん、ここも感じているだろ」

亮はスカートをたくし上げると、爪先でパンティをずらした。ただれた股間から、ポタポタと蜜液が滴るのを、山根と日野が血走った目で凝視する。

「ほれ、いやらしいマ×コを先生方に見せてやれ」

全裸になった亮は、背後から花嫁の太腿を持ち上げた。亮が目で促《うなが》すと、山根と日野は誘われるようにスカートをたくし上げ、ショーツをずらした。ぐしょ濡れのショーツが太腿でくるくる絡むのが、ますます二人の欲望を刺激する。

「ひいッ……こんなッ……ひどいいッ……もうすぐ、お式なのにいッ」

「パンティは引きちぎってやってください」

おおッ、と歓喜の声をあげた山根と日野は、力まかせにパンティを引っ張りビリビリと破いた。真っ赤にただれた媚肉が割り拡げられた太腿とともにつっぱり、魅惑の穴を晒し出す。新鮮な赤貝のような肉層が、男を誘うように蠢いていた。

「ああッ……見ては、いやッ……見ないでえッ」

「す、すごい……」

「なんてスケベなマ×コだ……」

山根と日野は、ゴクリと生唾を飲み込んだ。同じ部屋で仕事をしている美人教師が、これほどいやらしい女陰の持ち主だったとは。妖しいフェロモンと濃厚な牝臭をムンムンと放ち、控室の中はピンク色の靄で霞んでさえいるようだ。山根と日野は、スマホで留美の割れ目を何度も撮影した。

「いやあッ……撮らないでッ……いやッいやッ……こんなの、ひどいいッ」

「これは、待ち受け画面にさせてもらおう」

「スマホばかり見て、仕事に集中できなくなりますね」

(なんて……なんて、ひどいッ)

花嫁は、あまりの仕打ちに号泣した。だが、獣となった山根と日野には、悲痛の泣き声すらも情欲を昂らせる栄養分となる。

「おやおや、マリッジブルーってやつですか、留美くん」

「心配しなくても大丈夫ですよ。今後、寂しくなったら俺たちが先輩を慰めてやりますから」

鬼畜の笑みを浮かべつつ、二人の顔が留美の股間に迫った。おぞましい二枚の舌が媚肉に絡まり、執拗にむしゃぶりついてくる。

「ひーーーッ」

「スケベな教師は、マ×コもスケベな味だな」

「見てくださいよ、教頭。披露宴直前の花嫁とは思えないいやらしいクリトリスだ」

ぷっくりと実った淫の実を、山根と日野は交互に吸った。膣と肉芽を同時に責められて、留美の頭の中にバチバチと快淫の火花が散る。いやでも四肢が痙攣し、腰がうねるのを留美はどうしようもない。

「活きのいい腰じゃないか。こんなスケベな腰では、旦那だけじゃ物足りないだろうな」

「これからは、毎日、俺たちがこのスケベな下半身の面倒をみてやりましょう」

「ひいいッ……やめてッ……んああッ……おかしくなっちゃうッ」

「先生のスケベさは、こんなもんじゃないだろう。ふふ、教頭にこいつを使ってもらえ」

山根は持ってきた紙袋の中から、極太のディルドを二本取り出した。舌先でディルドを舐める山根の表情は、凶悪そのものだ。

「教頭。ぜひ、例のものも試してみてくださいよ」

「おお、例の媚薬かッ」

いかにも妖しげなプラスチックケースを取り出した山根の口元が欲望で歪んだ。中に入った軟膏をたっぷりとディルドに塗りたくり、潤滑剤にしようという魂胆なのだ。

「ああッ……それ、だめえッ……そんなの無理ですッ……このあと、お式なのにいッ」

「なに、身体は敏感になるが頭はすっきりしてるから披露宴には出られる」

「いやですッ……やめてくださいッ……教頭先生ッ……お願いッ……きひいいッ」

必死の懇願も空しく、留美の媚肉はたちまちディルドに抉られた。熱波のような怖ろしい痺れが、下半身を突き抜けていく。自ら罠にかかろとする小動物のように、女肉が媚薬まみれのディルドを食い締め、いかがわしい成分を吸収していくのがわかる。

「ああッ……いやあッ……こんなの、いやあッ……んぐうッ」

留美の喉から低い吠え声が、うッうッと漏れる。忙《せわ》しなく蠕動《ぜんどう》する媚肉に反応して、喉粘膜までもが収縮する。

「先輩、ここにも媚薬を塗ってあげますよ。披露宴の前にうんと色っぽくしてやりますからね」

突き出した二本の指ですくった軟膏を、日野は肉芽にも塗り込みはじめた。すくっては塗り、塗ってはすくうの無慈悲の反復行為に、留美は為《な》す術《すべ》もなく蕩けさせられていく。

「あぁッ！　ひどいッ……あなたたち、教師失格よッ……けだものぉぉッ」

「へへ、けだものになるのは、どうやら留美くんのようだがな」

「あひッ……んはあッ……あううッ……いっそ、殺してぇッ」

肉芽は快感そのものになり、今にも爆発してしまいそうだ。押し寄せる官能が脳までをも蕩けさせ、理性が呑み込まれていくのがわかる。身体の芯がただれて、壊れるほど貫かれたいという暗い欲望がムクムクと膨らんでくるのを、花嫁はどうしようもなかった。

（私の人生、滅茶苦茶ああッ）

「ああ……突いてッ……突いてくださいッ」

花嫁はついに屈服した。切なげに美貌を歪ませ、はあはあと火の息を吐く。クンッと腰を突き出し、ねだるように振り乱す様は、牝犬そのものだ。

「ついに本性をあらわしたな、留美くん」

「結局、先輩もただの牝だったってわけか。がっかりですよ」

山根は猛烈にディルドを抽送した。内臓ごと掻き回されるような感覚に、花嫁はひいひいと悶え、ひっきりなしに腰を震わせる。

「はひいいッ……それ、すごいいッ」

「クリも嬲ってあげるよ、先輩」

「ひーーーッ」

同時に肉芽を烈しく擦られて、留美は絶叫した。快楽に肉層がうねり、跳ね上がるヒップが背後に立つ亮の腹を叩く。

「ひゃあんッ……ああッ……噴くうッ……留美のアソコ、噴いちゃううッ」

「噴いて、いいんだ、留美くん。うんとスケべな汁を撒き散らせ」

「んはあああッ」

美貌が仰け反り、真っ白な喉を引きつらせて留美の股間から大量の蜜液が噴出した。まるで間歇泉《かんせつせん》のように、ブシュブシュッと間をおいては飛沫く汁が、山根と日野の腹をグッショリと濡らす。

「人生の門出にふさわしい派手な潮吹きじゃないか」

「はひッ……んああッ……」

うつろな眼差しを天井に向けた留美の腰は、まだまだ跳ね飛んでいた。濡れぬれになった媚肉が急速に収縮し、ディルドをギリギリと食い締める様は圧巻ですらある。

「こんなスケベなマ×コ初めて見ましたよ。チ×ポが食いちぎられちゃうんじゃないか」

「ふふ、こっちの穴の具合はどうかな」

膣をディルドに貫かれたままの留美を四つん這いにさせると、亮の指先が肛門に伸びた。いじられるとは思ってもいなかった窪みが、狼狽《ろうばい》したようにヒクヒクと収縮する。

「ひッ……そ、そこは違いますッ」

「ここで、いいんだ、先生。牝便器の穴は多ければ多いほどいいんだからな」

「ああッ……そんなッ……お尻なんて無理ですッ」

留美の言葉には耳もかさず、亮の指先が肉の窪みをユルユルと解《ほぐ》していく。媚薬を吸収した膣に影響されてか、留美の肛門はいとも簡単に亮の指を受け入れた。

(お尻なんてッ)

排泄器官をいじられて、留美は狼狽した。だがメロメロになった膣が肛門を鼓舞しているのか、内側から官能が膨れ上がっていくのがわかる。粘膜がふっくらと膨張し、亮の指に食いつきさえした。

「無理なんて言って、ずいぶん積極的な尻じゃないか、先生。マ×コもよし、アナルもよしのパーフェクト便器だ」

亮は軟膏をたっぷり塗り込めたディルドを、留美の肛門に容赦なく埋《うず》めた。

「ひぎいッ」

「たっぷり媚薬を塗ってやったからな。すぐにたまらなくなるぞ」

「うむッ……ひどいッ……ひどすぎるうッ」

「そんなことを言っていられるのも今のうちだ。数分後には、自分から尻を振ってアナルにねだるようになるんだからな」

ゴムのように伸びた肛門口が、ディルドにへばりついていた。下腹が張り裂けんばかりの痛苦も次第に消え失せ、そのかわりに津波のような官能が押し寄せてくるのが、留美には怖ろしくてたまらない。膣ばかりではなく、肛門まで堕とされたら、ほんものの変態になってしまう。

(それだけは、いやあッ)

「抜いてッ……抜いてえぇッ」

恐怖と恥辱で号泣しつつ、留美はディルドを振り払おうと必死でヒップを振りたくる。だが死の物狂いの抵抗も、男たちを悦ばせるだけだ。

「烈しい尻だな、留美くん。調教のしがいがあるというものだよ」

「活きのいい尻を仕留めるのは、男のロマンですからね」

「へへ、気絶するなよ、先生」

「ひーーーッ」

二本のディルドを交互に抽送されて、留美は絶叫した。粘膜に溶けた媚薬は、すっかり留美の肛門を蕩けさせ、めくるめく官能を味わいはじめているのだ。

「ひいいッ……お尻なんてッ……お尻なのにいいッ」

(気持ちいいッ)

「ひぎッ……イクうッ……留美、お尻でイクううッ」

ブルブルと裸身を痙攣させて、留美はアナル絶頂した。どっと噴き出した汗で全身がぬらつき、匂い立つような牝臭を全身から漂わせる。ビクッビクッと一本釣りされたマグロのように跳ね打つ真っ白な尻の淫らさは、筆舌に尽くしがたいほどだ。

「ほああッ……んおおッ……あひいいッ……」

不明瞭な喘ぎ声を漏らす留美の美貌は快楽に蕩けきり、微塵《みじん》の知性すらも感じない。唇の端から唾液を垂らし、はしたないほど豊乳を揺らす留美を誰が教師だと思うだろう。八の字に傾いた眉も、ヒクヒクと膨らむ小鼻も、半開き口も、何もかもがアクメの悦びに溢れている。

「こいつは、すごい……」

「ほんものの変態教師だ……」

山根も日野も、美人教師の凄絶なアクメぶりを息をするのも忘れて凝視していた。これほどの変態と同じ職場にいながら、その性的恩恵に与《あずか》れなかったことが、悔やまれさえする。

「さて、披露宴の前にアナルバージンを卒業しておかなきゃな、先生」

上体から崩れ落ち、ヒップだけを高く掲げた留美の肛門に亮は肉棒をあてがった。巨大な亀頭が肉の窪みの内側にめり込むと、容赦なく根元まで呑み込まされていく。

「んはああッ」

「ほれえッ」

亮の股間と留美の双尻が、ぴったりと密着していた。喉から男根が飛び出てきそうなほどの圧倒的串刺し感に息もできず、ガチガチと奥歯が打ち当たる。

「ああッ……あああッ」

「ふふ、生徒と尻でつながった気分はどうだ」

「うむッ……ひぎいッ……あむうッ」

灼熱の棒が粘膜を焦がし、留美の肛門は今にも燃えてしまいそうだ。その熱は脳にまで達し、次第に留美は何も考えられなくなる。顔から噴き出した汗に濡れた髪が頬にべっとりと付着し、留美の美貌と猥雑さがいっそう際立つ。

「あひぃッ……あぁッ……いいッ……お尻、いいッ……」

「媚薬の効果があるとはいえ、初めてのアナルで感じるなんて、やっぱり先生は変態だ」

肛門を通過して、直腸にまで達した亀頭からはドロドロの官能が注がれてくる。まるで尻そのものが快感製造装置になってしまったかのようだ。

「そろそろ前の口にも、ほんもののチ×ポが欲しいだろう」

ウエディングドレスをすっかり剝ぎ取られた留美は、グローブとティアラだけの姿となる。それが、むしろいやらしい。背後から留美の太腿を支えた亮は、背面駅弁スタイルで直立した。グラグラと顔を揺らす留美の目が、尻肉の向こう側から飛び出している肉茎をとらえた。

(ああ……ほんとうに、お尻を犯されてるッ)

割り拡げられた太腿は筋張り、真っ赤にただれた肉層がえら呼吸をするようにヒクつく光景は、息を飲むほど淫靡だ。

「サンドイッチセックスだ、先生。病みつきにさせてやる。教頭、マ×コを犯ってください」

「おおッ……い、いいのかいッ？」

「肉便器の穴には、チ×ポをぶっ刺してやるのが当然ですから」

よしッ、と気合声を発した山根の肉棒が、留美の肉層に迫った。ぬるついた割れ目は、むしろ吸い込むように男根を受け入れ、いとも簡単に二穴結合を果たす。

「ひーーーッ！　二本もおおッ」

「うんと打ち込んでやるぞッ」

亮と山根は、息を合わせたかのようにズンズンと肉棒を打ち込んだ。二つ折りになった留美の裸身がギチギチとプレスされる。腰骨が軋み、今にも砕けてしまいそうなほどの圧迫だ。

「んあああッ……オチ×ポ、ぶつかってるううッ」

「これが、サンドイッチの醍醐味だぜ、先生」

薄い膜一枚を隔てて、亮と山根の亀頭が衝突する。膜を揉み潰すようにぶつかり合うたび、目が眩《くら》むほどの快美が全身に駆け抜ける。汗でぬめった乳房と背中を男たちの胸板に押し潰される感触さえ、たまらなく気持ちいい。

「あーーーッ！　留美、どうにかなっちゃうッ」

Vの字になった留美の裸身が痙攣した。獰猛《どうもう》な二本の肉棒がけたたましく脈動し、まるで下腹の中に心臓が二つもあるようだ。その卑猥な心臓を揉み込むように媚肉がキュッとすぼまり、凄まじい圧迫をくわるたび、目も眩むような官能が血飛沫を上げて爆裂する。

「おおッ……なんて締めつけのマ×コだ。食いちぎられそうだぞ」

「アナルのほうも、すごいですよ。トロトロなのにチ×ポを搾ってくる。搾乳機ならぬ作精液機みたいだぜ」

「あひッ！　んふッ！　ひゃあんッ！」

留美はひいひいと悶え狂った。逞しいものが、まるで生き物のように暴れ回り、下腹の中を滅茶苦茶に掻き乱している。そして、それが留美には嬉しかった。

（ああ……私の中、オチ×ポだらけッ）

「うむうッ……そろそろ出すぞッ」

「便器だからな。男の出すものを受け止めるのが先生の役目だぜ」

ふいに膨張した二本の肉棒が、弾けた。熱い粘液が、子宮と直腸を容赦なく汚す。

「あーーーーッ！　あーーーッ！」

前後の穴を満たされて、留美は絶頂した。引きつるように両脚がしなり、ブルブルと裸身が痙攣する。見開かれた目は、焦点が合っていない。ほとんど失神した留美の四肢が、電流を流されたようにてんでバラバラに弾ける光景は、惨美ですらある。

「気を失ってる場合じゃないぞ、先生。まだ穴が残っているだろ」

亮は結合したまま仰向けになると、下から肉棒を突き上げた。後ろ手に両手をついた留美の股間に山根の腰が覆い被さり、真上から肉棒を突き立てられる。さらに日野には胸を跨がられて、口腔の奥まで肉棒を打ち込まれた。

「んぶうッ！　あむむッ！」

「これでこそ、完璧な肉便器だ、先生。三本も呑み込めて、嬉しいだろう」

「みんなで突きまくってやりましょう」

せーの、と生徒と教師が掛け声を出すと、いっせいに腰を振った。肉刀がズブッズブッと粘膜を抉り、身体中から卑猥な音が漏れ響く。噴き出した汗が四人の身体を妖しく光らせ、絡まり合う肉体の塊は、まるで卑猥なオブジェのようだ。

（あぁッ……どこもかしこも、オチ×ポオオッ）

子宮も直腸も喉の奥も男根に占拠されていた。完全に堕とされたことが、留美には嬉しくてたまらない。公衆便所のように何本もの剝き出しの肉棒を受け入れ、滅茶苦茶に貫かれる。なんという多幸感。

（留美、しあわせッ）

男たちは、鬼の首を取るような勢いで腰を振った。一突きするたび、肛門も膣も喉も狂おしく締まる。こたえられない快感に、男たちの肉棒が射精感で一気に膨張した。

（お、おおきいいいッ）

「あひいいッ」

内側から裸身を膨らまされる感覚に、留美の喉から絶叫が這い上がる。同時に粘膜という粘膜から怖いほどの快感が押し寄せる。股間からは、得体のしれない飛沫がひっきりなしに飛び散り、床はグショグショだ。三つの連結部からは、濃厚な結合臭がムンムンと匂い立ち、嗅覚すらも悦びに満たされる。

「スケベな臭いがプンプンしてるぞ、留美くん。部屋の外まで漏れてしまうな」

間近に迫った射精のときに、山根と日野はラストスパートをかける。前後する肉棒は、妖しい粘液にまみれてドロドロだ。口も膣も肛門も白く濁った泡がたち、留美の身体中に飛び散っている。

「ほれッ、三人いっぺんに出すぞッ、先生。結婚祝いの同時射精だ」

三本の肉棒が、留美の体内で弾けた。たちまちに白濁まみれになった三穴は、マグマのような熱に満たされて、宿主を絶頂の彼方へと連れ去っていく。

（イクううッ）

グワンッと留美の背中が湾曲した直後、バネが切れたようにガックンガックンと身体中に痙攣が走った。もはやアクメの域すら超えた、快楽のビッグバンに留美はひとたまりもない。当然のように口内に放たれた精液を飲み干すと、留美の喉からつんざくような悲鳴が吐き出される。

「あひいいいッ」

内側から押し寄せてきたアクメの雪崩に、留美の身体ごと呑み込まれた。白目を剝き、ブクブクと泡を噴くその姿は、教師でも人でもなく、ただの肉便器でしかない。

「身体中に出された気分はどうだ、留美くん」

「こんなスケベな花嫁は、滅多にいないよ、先輩」

「まだ時間はあるから、うんと出してもらうんだな、先生。ふふ、教頭も日野先生もこの肉便器を孕ませたいでしょ」

おおッ、と獣となった二人の男は顔を見合わせた。同じ職場の美人教師を妊娠させる。男のロマンとも言える行為に、いっそう二人の欲望が刺激される。

「いいのかねッ……留美くんを孕ませられるなんて夢のようだな」

「生まれてくる赤ん坊が、誰に似てるか愉しみですね」

「ロシアンルーレット孕ませだ、先生。時間まで出されて出されて出されまくるんだな」

三本の肉棒が、次から次へと留美を貫いた。三つの穴は、わずかな間すらも与えられず常に男根で貫かれ、途切れることのないアクメに留美の理性は完全に崩壊した。

「あひぃッ……もっと出してッ……おトイレ留美にいっぱい出してぇッ」

自らを便器と名乗った花嫁の裸身は白濁でコーティングされ、それはまるで純白のドレスのようだった。


「それでは、新郎新婦の入場です」

司会がにこやかに紹介すると、会場後方の扉が開いた。テーブルの間をゆっくりと歩く留美は、メイクをし直し、豪華なウエディングドレスをまとっている。先ほどまで凄惨に犯されていたとは思えないほどの美しさだ。

(ああ……こ、こんなッ……こんなのをして歩くなんてッ)

留美の膣と肛門には、卵形のピンクローターが埋め込まれていた。媚薬の効果はきれているので、いきなり絶頂してしまうことはないが、それでも犯され尽くした前後の媚肉は、まだまだ痺れをとどめている。眉間に寄った皺とわずかに漏れる泣き声のような吐息が、招待客たちには感動ゆえの表情に見えていたのが、せめてもの救いだ。

(こんなところでなんて、絶対にイキたくないッ)

腰骨から背骨へ這い上がる官能に、油断すると極めてしまいそうなのだ。膣と肛門にまだまだ残っている男たちの精液が、一歩足を踏み出すたびに逆流し、媚肉を愛撫する。その感触だけで、頭が真っ白になり、踏み出す足が止まってしまう。

「ああ……ううッ」

たまらず漏れる吐息の意味を知っているのは、ニヤニヤと笑う三人の男性教員と亮、同じように吐息を漏らす玲香だけだ。玲香の二穴にも、ピンクローターが装着され、思わず昇りつめてしまいそうなのを何とか耐えていた。テーブルの横を通り過ぎようとした留美と玲香の目が合い、互いにはっと気づいた。

(ああ……玲香さんも……)

媚肉から押し寄せる官能に耐えるお互いの表情が、自分のそれと知り、留美も玲香も絶望的な気持ちになった。それでも互いを励まし合うように頷《うなず》いた二人に、亮が無慈悲の振動を与えた。遠隔操作で、ローターを起動させたのだ。

「うああッ」

「ひいいッ」

留美と玲香の美貌が同時に歪んだ。会場には、大音量でウエディングソングが流れているので、二人のいやらしい声に気づく者はいない。太腿が痺れ、ドロドロとした官能が下腹を揺らし、喉の奥からははあはあと熱い息が漏れるのを、留美も玲香もどうしようもない。

（イッては、だめッ……耐えるのよ、留美ッ）

何とか着席した留美は、耐えに耐えた。ピンク色に色づくデコルテとウエディングドレスの純白とのコントラストが、異様なほど留美を妖美にしている。

「ではいよいよ、ウエディングケーキに入刀です」

新郎新婦は立ち上がり、ケーキの前に立った。新郎、孝明の目には生気がない。陵辱動画で脅迫され、したくもない結婚をさせられるのだから、それも当然のことだ。幸福の象徴であるはずの入刀も、新郎新婦にとっては屈辱にナイフを入れるようなものだった。

（ああ……どうして、こんなことに……）

幸福の絶頂であるはずの瞬間に、死にたいほどの絶望を味わわされて、留美の頭の中は真っ暗になった。だが、次の瞬間、いきなり留美の脳内が弾けた。ローターの振動がマックスになり、前後の肉を猛烈に掻き乱しはじめのだ。

「あううッ……んはあッ」

バチッバチッと快楽の火花が瞼の裏に散る。そこかしこで焚かれるカメラのフラッシュと快感が重なり、留美にはもう現実感がない。身体の芯がただれ、灼けるような快感の感覚だけが際立ってくる。そびえ立つウエディングケーキが勃起する男根に見えるほど、留美の頭の中は淫欲の炎で燃やし尽くされていた。

(も、もう……私、だめなんだわ)

骨の髄まで堕ちていた。身体そのものが恍惚になってしまったかのような猥雑な花嫁の姿に、会場にいる男たちの目は釘づけだ。だが、まさか花嫁の二穴が嬲られているとは夢にも思わない。

(も、もうッ……だめえッ……いやあッ)

ドレスの中の下半身に痙攣が走る。おぞましいほど膨れ上がる快感に留美の美貌が上向き、可憐な唇が半開きになった。感極まった花嫁が、これまでの人生を振り返っているのだ、と招待客たちが勘違いしてくれたのは、不幸中の幸いだ。

(イクうッ)

ケーキの入刀と同時に、花嫁は絶頂を極めた。

「うあッ……ううッ……」

必死で圧《お》し殺しても、熱い息が漏れる。たまらずしゃがんだ花嫁を側にいた亮が抱えた。慌てるスタッフに亮が耳打ちすると、納得したように頷いた。緊張と寝不足で朝から体調が悪かったのだ、と説明したのだ。

「さあ、先生。行きましょう。お色直しをしなくちゃね」

「ああ……」

司会はこうしたアクシデントに慣れているのか、新婦は一度退場致します、その間、ケーキをお配りしますので、どうぞお召し上がりください、と明るい声でアナウンスした。感動のあまり号泣する恩師に教え子が優しく付き添っている、というふうに傍目からは見えたので、招待客たちはさして騒ぐこともない。留美の絶頂と同時にアクメした玲香が、男性教員たちに連れていかれたことにも誰も気づかず、招待客たちはケーキを食べはじめた。

「小一時間ほどお食事の時間になりますから、ゆっくり休んでください」

スタッフがにこやかに去ると、亮は控室のドアを閉めた。大勢の前でアクメした屈辱に、留美はすすり泣いている。

「さすがは変態だ。披露宴で絶頂するなんてね。こんなスケベな花嫁は、日本でも先生くらいだぜ」

「ああ……ひどいですッ……こんなの、ひどすぎますッ」

「僕が受けていたいじめに比べれば、こんなのたいしたことないだろう。まだまだ先生には罪を償ってもらうよ。倉持の奥さんといっしょにね」

矢部に背中を押された玲香が、控え室に入ってきた。留美と並んでソファに座らされた玲香の顔から、みるみるうちに血の気が引いていく。矢部、山根、日野、そして亮の四人の男に見下ろされて、二人の美女は絶望で気を失ってしまいそうだ。

「さて、役者がそろったところで、まずはローターで掻き回された穴を見せてもらうか」

「それは、いい。ほら、奥さん、留美くん。自分でスカートとパンティを脱ぐんだ」

教育者が口にするとはとても思えない下品な言葉に、留美も玲香もいやいやと首を振って懇願する。

「も、もうゆるしてくださいッ……こんな……お式の最中なのにッ」

「お願いしますッ……倉持とは離婚しますからッ……お家に帰らせてえッ」

「やめてやってもいいが、二人のいやらしい動画をこのあと上映してもいいんだよな」

亮のとどめの言葉に、留美と玲香はがっくりとうなだれた。この鬼畜たちから逃れる術は、もうないのだ。

「早く見せなよ、二人とも。減るもんじゃないし」

「いや、減るだろう。人間としての尊厳がな」

「牝としての悦びは、増えるでしょうがね」

ゲラゲラと笑い合う男たちの姿に、二人の絶望はいっそう深くなる。だが、観念した留美と玲香はスカートとパンティを脱いでソファに座った。M字に開いた両脚の付け根、その内側で二つのローターが妖しく濡れ光っている。

「スケベな穴だな、二人とも。どれどれ」

「あひぃッ」

「んはああッ」

ローターを抜かれた四つの穴は、ぱっくりと開いたままただれた肉層を覗かせた。充血した媚肉は、アクメをねだるように蠕動し、濃厚な牝臭をムンムンと漂わせる。アクメの余韻で太腿が小刻みに痙攣し、ときおり腰が浮き上がるのが、いっそう卑猥だ。

「なんていやらしい花嫁と人妻だ。世も末ですな、校長」

「淫乱女教師に、いじめを見て見ぬふりしたひどい教師の妻。お仕置きが必要だな」

「頭でわからない奴には、下半身で世間の掟を教えてあげなきゃなりませんね」

男たちの凶悪な笑みに、留美の頭の中は恐怖と絶望でいっぱいだ。隣にいる玲香も怯えきってシクシクとすすり泣いている。そんな二人をいっそう追い詰めるように、四人の男たちは全裸になった。

「まあ、私たちは優しいからな。鞭打ちで勘弁してやろう。チ×ポという鞭だがな」

「へへ、校長。打つんじゃなくて、ぶっ刺すんでしょ」

男たちの伸びた手に服を毟《むし》り取られて、全裸になった留美と玲香の股間に山根と日野の顔面がぐいぐいと迫る。

「ひいいッ」

「んああッ」

膣と肛門を交互にむしゃぶられて、留美と玲香は悶絶した。アクメしたばかりの媚肉を吸われて、たちまちに二人は追い上げられる。

「ひーーーッ」

そろって絶叫した二人は、たちまちに絶頂した。クイクイと前後する股間からブシャアアッと尿がほとばしり、山根と日野の顔面を濡らす。

「お漏らしとは、またはしたない牝だな」

「鞭打ち、百回どころじゃすみませんよ、これは」

「どれ、舞浜くん。いやらしいマ×コに鞭打ち、いや、チ×ポ刺しの刑を与えてやろうじゃないか」

亮が玲香、矢部が留美の太腿を割り開いて、一気に肉棒を貫いた。蕩けるような肉層は卑劣な男根をわずかにも拒絶することなく、子宮まで一直線に受けれてしまう。

「ひゃああッ……深いいいッ」

「子宮に当たるううッ」

押し込まれた両脚が、爪先までしなる。ほとんど真上から肉棒を打ち込まれて、留美と玲香の全身は桃色の炎にくるまれた。肉襞を巻き込みつつ、ひっきりなしに上下する肉茎に蕩けたような媚肉がへばりつき、ブクブクと白く泡立つ。

(ああッ……たまらないわッ)

官能の爆弾が下腹の中で暴発していた。全身が灼かれ、ただれ、蕩けていくのが、留美には嬉しくて仕方がない。上司に犯され、後輩に嘲《あざ》けられ、教え子に飼い馴らされる。それが、自分の運命なのだ。

「も、もっと……欲しいッ……留美、全部の穴にオチ×ポ、欲しいのッ」

欲望が堰《せき》を切ったように溢れた。淫欲に堕ちた花嫁を目《ま》の当たりにして、人妻も同調したのか自ら腰をくねって男根を求める。

「ああッ……玲香もオチ×ポ、欲しいッ……オチ×ポ鞭で、滅茶苦茶にされたいッ」

完全なる牝人形に堕ちた留美と玲香に、男たちの目がギラついた。膣を犯される留美と玲香の肛門は、待ちわびているようにパックリと口を開いている。その魅惑の穴を目がけて山根と日野の肉棒が潜り込んでいく。

「あきいッ……ひゃあんッ……いいッ……留美、たまらないいッ」

「んああッ……すごいッ……これ、すごいいッ」

マングリ返しにされた二人の尻に、男たちは自転車に二人乗りするようにのしかかっていた。ガツンガツンと子宮を叩かれるのと同時に、直腸をこれでもかと掻き乱される。凄絶な二人乗りセックスに、ドロドロの官能が血管を巡り、全身が性感帯になる。ブチブチと筋が切れる音が響き、肛門が裂けていくのすら、たまらない。

「これが仁科先生のアナルかッ！　蕩けてるのに、すごい締まりだ」

「奥さんのケツ穴もすごいですよッ！　倉持の野郎には、もったいないぜ」

「四人いっぺんに出すぞッ」

ドクンドクンと二穴に注がれて、留美と玲香は絶頂した。頭の中まで精液で満たされたような感覚に、二人は怖いほどの多幸感を味わわされる。

（マ×コもお尻もいっぱいにされて、しあわせッ）

弛緩した二人の美貌は、もはや人間のそれとは思えない。顔面に下品という文字を貼りつけたいほど蕩け、白黒する目は下劣ですらある。半開きの唇の奥からは、もっとオチ×ポ、とか、お尻、いいッ、などとはしたない言葉を漏らしつづけている。

「なんてざまだ、二人とも。これが教育関係者っていうんだから呆れるばかりだぜ。へへ、いやらしい牝は、とことんまでいやらしくするしかないってことだ」

亮は教師たちに媚薬クリームを渡した。色めきだった男たちは、いっせいに二人の身体に媚薬を塗り込めていく。

「ああんッ……これ、好きいいッ」

「玲香、おかしくなっちゃううッ」

あれほどいやだった媚薬を、留美と玲香は待ちわびていたようにねだった。粘膜ばかりか毛穴からもいかがわしい成分を吸収し、全身ただれていくのがたまらないのだ。

「あッ！　ああぁッ！」

たちまちに痺れるような感覚が留美と玲香をくるみ、いてもたってもいられないほどになる。腰をよじり、自ら乳房を揉みしだいて、あッあッと甲高《かんだか》い喘ぎ声をあげる。

「あーーーッ……早くッ……犯してえッ」

「塞いでえッ……どこもかしこも塞いでえッ」

「ひひ、自分たちでどうにかしてみろ」

亮は、二人の足下に双頭のディルドを放り投げた。牝たちは、ああッ、と色めきだって尻餅をついたまま長く太いディルドににじり寄る。左右から迫った割れ目がズブッとディルドを呑み込むと、留美と玲香の股間が烈しく衝突する。

「あひいッ……たまらないいッ」

「ひゃあんッ……いいッ……玲香、おかしくなっちゃうッ」

肉層と肉層が完全にディルドを呑み込んでいた。後ろ手に両手をついた留美と玲香の腰がディルドを味わうようにジリジリと押し寄せ合う。すっかり濡れた陰毛同士がいやらしく絡み、腰の押し引きに合わせて、ブチッと毛が引き抜かれても、留美と玲香は動きを止めようともしない。

「牝犬同士でつながった気分は、どうだ」

「なんてスケベな牝だ。狂ったように腰を振ってるぞ」

留美と玲香は、我を忘れて腰を揺すっていた。パンッパンッと股間同士が衝突すると、濡れ光る肉襞がヌルンッと揉み合い卑猥な音をたてる。さらにひいひいと喘ぎまくる花嫁と人妻の声も加わると、控室の中は乱れた喧噪《けんそう》で賑わい尽くす。

「あひいッ……んはああッ……クリが擦れるうッ」

「いいッ……留美さんのオマ×コ、すごいいッ」

ああぁッ、と吠え声を発して、留美と玲香は絶頂した。だが極めつつも腰は止まらない。

「イッてるのにいいッ」

「腰が止まらないわッ」

白目を剝いて腰を乱れ打つ二人は、もはや人間とも思えない。快楽だけを追い求め、硬い男根をねだる牝。雄の粘液を放たれることだけが生き甲斐の便器だ。

（私は……お便所留美ッ）

留美は心の底から思った。

「ああ……留美、オチ×ポ欲しいですッ……みなさんのオチ×ポ、お便所アナルですっきりさせてくださいッ」

しなやかな指先で、留美は肛門を押し拡げた。真っ赤にただれた媚肉がキュウッとすぼまっては、だらしなく口を開く様は、イソギンチャクのようだ。

「あんなスケベな尻にチ×ポをぶち込んだら千切られちゃうんじゃないですか」

「奥さんの尻もチ×ポが欲しいみたいだぜ。ヒクヒクしてるぞ」

「玲香もお尻に欲しいですッ……お便所みたいに出しまくってほしいのッ」

自ら便所と名乗る二人の美女に、男たちの息も荒くなる。亮が留美の、矢部が玲香の尻を背後から持ち上げて肉棒を滑り込ませた。ヤンキー座りをした留美と玲香の尻の真下に、反り返った肉刀が黒光りして待ち構えている。

「ほら、先生。念願のチ×ポだ。自分で尻に突っ込めよ」

「奥さんの尻を、いやというほど搔き回してやるからな」

嬉しいッ、と感極まったように叫んだ二人の尻が、巨大な肉棒を丸飲みしていく。

「ひーーーッ」

「あーーーッ」

留美と玲香は絶叫した。肉棒が肛門を突き上げる。尻肉がタプンッと下から押し上げられると、今度は呑み込んだ肉棒を圧迫するように内側にすぼむ。見るもいやらしい尻の蠕動だ。

「スケベな尻しやがって。それでも教師かッ。それでも花嫁かッ」

「うああッ……留美はいけない教師ですッ……お便所花嫁ですうッ」

子宮と直腸を猛烈に打たれて、留美の瞼の裏で快淫が火花を散らす。さらに留美の口には日野の肉棒が捻り込まれた。喉の奥まで亀頭で塞がれて、息もできない。だが、たまらない。三穴を制覇されて、花嫁の裸身がガクガクと弾けた。

「んぐうッ」

「イッたな、先生。へへ、何度でもイカせてやるッ」

「奥さんの口にもチ×ポをしゃぶらせてやるぞ」

肉棒の根元まで咥えた玲香も、粘膜という粘膜を貪られて、絶頂に達した。留美と玲香の身体が競い合うように痙攣する。四本の肉棒は、無慈悲に抽送を繰り返し、二人の裸身を快楽の業火で燃やし尽くす。

(イクわッ……また、イケるううッ)

全身が穴になったような感覚に留美は昇りつめていく。身体中が便器。存在そのものが、射精専用の牝便器。

(出されることだけが、しあわせッ)

「ほれえッ！　先生が三度の飯より大好きなザーメンを出してやるぜッ」

男たちの肉棒が、いっせいに弾けた。連結した六人の尻がけたたましく震える。呻き声、喘ぎ声が一塊《かたまり》となって控室の中を膨らませる。ドバドバと精液を放たれて、留美と玲香は、絶頂の彼方へと吹き飛ばされていった。

肩で風を切るように、亮は廊下を歩いていた。大崎に認められた亮に手を出す者は、もういない。それどころか、かつて亮をいじめていた者たちは、こびへつらい、自ら頭を下げてくるほどだ。亮とともに留美と玲香を犯し尽くした教師たちも、亮には手厚い待遇を与え、遅刻や早退も見て見ぬふりをしている。留美と玲香は、ついに妊娠した。子供の親は生まれてくるまで誰かわからない。二人は、大崎たちによって裕福な男たちに日毎身体を売り、今は妊婦を犯すことが愉しくて仕方がない中年たちに犯される日々を過ごしている。

「妊娠された仁科先生のかわりに、今日からこのクラスの担任になった高橋《たかはし》です」

朝のホームルームで挨拶した女教師は、まだ若い。ボーイッシュなショートカットと豊乳とのアンバランスさが、実にいい。

「舞浜くん。私はとても厳しいわ。遅刻も早退も許しません。これから覚悟しておくように。まずは面談が必要ね。放課後、教室に残りなさい」

(覚悟するのは、あんたのほうだよ、先生)

また一人、便器にする愉しみが増えたことに、亮の口元が綻《ほころ》んだ。

◉新人作品**大募集**◉

マドンナメイト編集部では、意欲あふれる新人作品を常時募集しております。採用された作品は、本人通知のうえ当文庫より出版されることになります。

【応募要項】 未発表作品に限る。四〇〇字詰原稿用紙換算で三〇〇枚以上四〇〇枚以内。必ず梗概をお書き添えのうえ、名前・住所・電話番号を明記してお送り下さい。なお、採否にかかわらず原稿は返却いたしません。また、電話でのお問い合せはご遠慮下さい。

【送 付 先】 〒一〇一-八四〇五 東京都千代田区神田三崎町二-一八-一一 マドンナ社編集部 新人作品募集係

高慢《こうまん》熟女《じゅくじょ》ダブル《だぶる》孕《はら》ませ《ませ》

二〇二三年 九月 十日 初版発行

著者◉八雲 蓮【やくも・れん】

発行◉マドンナ社
発売◉二見書房
東京都千代田区神田三崎町二-一八-一一
電話 〇三-三五一五-二三一一(代表)
郵便振替 〇〇一七〇-四-二六三九

印刷◉株式会社堀内印刷所 製本◉株式会社村上製本所 落丁・乱丁本はお取替えいたします。定価は、カバーに表示してあります。

ISBN978-4-576-23096-2 ◉Printed in Japan